KB121966

로크미디어가
유혹하는
재미있는 세상

ROK
MEDIA
로크미디어

바인더북

바인더북 24

2016년 11월 16일 초판 1쇄 인쇄
2016년 11월 21일 초판 1쇄 발행

지은이 산초
발행인 이종주

기획 팀 이기헌 송윤성 왕소현
책임 편집 이정규

발행처 (주)로크미디어
출판등록 2003년 3월 24일
주소 서울시 마포구 성암로 330 DMC첨단산업센터 3층 314호
Tel (02)3273-5135 Fax (02)3273-5134
홈페이지 rokmedia.com E-mail rokmedia@empas.com

ⓒ 산초, 2013

값 8,000원

ISBN 979-11-5999-594-1 (24권)
ISBN 978-89-257-3232-9 04810 (세트)

BINDER BOOK

BOOK

바인더북

24

| 산초 퓨전 장편소설 |

c o n t e n t s

BIIDER
BOOK

지리산으로

CIA 한국 지부.

전화기를 들고 통화하고 있는 애덤의 얼굴이 썩은 돼지 간처럼 변해 완전히 일그러져 있었다.

이를 대변이라도 하는 듯 수화기에서는 들려오는 음성도 초조와 다급함이 묻어 있었다.

─시, 실패할 줄은 몰랐네.

"하! 그, 그걸 지금 말이라고…….”

백 퍼센트 믿어도 좋을 것이라고 큰소리 뻥뻥 쳐 놓고 이제 와서 할 말이 없다고 하는 코란트의 대구에 애덤의 얼굴이 우거지상이 됐다.

─이번 일에 대해서는 할 말이 없네만…… 이번 사건으로

자네에게 해가 갈 일은 없지 않은가?

"뭐라? 내가 계획하고 있는 일이 어그러졌는데 해가 없다고?"

애덤 자신에게 해가 되는 것이 전부가 아니라는 말.

─아무튼 지금 자네와 실랑이를 할 여유가 없네.

"무슨 말이야?"

─폐일언하고 이번엔 내가 부탁 하나 함세.

"젠장⋯⋯. 말하게."

─팀원 두 명을 속히 수배해서 내게 연락을 취하라고 전해 주게나.

"스캇과 케이힐 말인가?"

─그러네. 연락이 닿는 대로 토드 2가 발령됐다고만 말해 주게.

"토드 2? 그게 뭐지?"

─그것까지 알 것 없네.

"흠, 그렇게만 전해 주면 되나?"

─부탁함세.

"하면 이번 일이 실패했으니 내가 진 빚은 없는 걸로 하는 건가?"

─그러지. 아울러 이번 사건에 자네가 거론되는 일도 없을 걸세.

"그렇다면 나도 이의 없네."

─토드 2가 발령됐다는 것은 자네가 서둘러야 한다는 말과 같네.

"그 정도는 나도 알아. 이만 끊지."

─오케이.

2000년 9월 29일, 금요일.

국정원 밀실.

예의 세 명의 차장과 송수명이 함께한 은밀한 자리다.

"허허헛, 이렇게 통쾌할 수가 있나! 으허허허허헛!"

김덕모가 헤플 만큼 기분 좋은 웃음을 연방 터뜨렸다.

"하하핫, 정말 속이 후련합니다."

"하핫, 그러게 말입니다. 그동안 얼마나 속을 끓였는지 위장병이 다 생겼지 않았겠소?"

나머지 두 차장도 마찬가지 심정인 것은, 도저히 막을 수 없을 정도로 밀려오던 거대한 폭풍이 한순간에 싹 사라진 기분인 덕이었다.

꾀죄죄하고 초췌했던 송수명도 면도칼로 수염을 말끔하게 밀어 푸르스름하게 보이는 턱을 매만지며 미소를 띠고 있었다.

그런 송수명에게 김덕모가 여전히 웃음 꼬리를 떼지 않은 채 물었다.

"그래, 송 국장, 지금 기분이 어떤가?"

"저야 뭐…… 이루 말할 수 없는 기분이지요. 특히 국가에 누를 끼치지 않게 된 것이 천만다행이라고 생각합니다."

"그렇겠지. 아무튼 고생했네."

다독거리는 어투였지만 입술 틈을 비집고 나오는 웃음을 감추지 못하는 김덕모다.

"고문은 없었나?"

"처음에는 고생을 했지만 나중에는 잠을 잘 못 잔 것을 빼고는 그런 대로 견딜 만했습니다."

"심리적 불안감이야 안 봐도 빤한 일일 테고…… 어쨌든 이렇게 특별한 일 없이 다시 보게 돼서 다행일세."

김덕모는 정말 기분이 좋았다. 아니, 차장 둘 역시도 그랬다.

이유는 그들이 제로벡터를 파견한 일이 신의 한 수가 되어 최상의 결과를 낳았기 때문이었다.

이로써 또 한 가지 재차 확인할 수 있었던 점은 담용의 능력이 제로벡터로서 충분하다는 것이다.

기분이 한껏 고조된 김덕모의 시선이 최형만에게로 향했다.

"최 차장, 어떻게 진행되어 가고 있소?"

"하핫, 이제 시간은 우리 편입니다. 다급해진 쪽은 중국이니 서두를 게 있겠습니까? 지금쯤 우리보다는 미국 측과 담판을 지을 생각을 하고 있을지 모릅니다."

"킬러가 딱히 미국 측 인물이라는 증거는 없지요?"

"심증은 확실할 테니 아마 다방면으로 증거를 찾고 있을 겁니다. 실낱같은 단서 하나라도 찾게 되면, 모르긴 해도 중국 측의 오해는 깊어만 갈 것이고 반대로 미국 측은 긴장이 더해 갈 것입니다."

"흠, 하면 우린 어쩔 작정이오?"

"일단 모른 척하면서 이달 말까지는 기다려 볼 생각입니다. 뭐, 그래 봐야 이틀밖에 안 남았지만요."

"시나리오는 어떻게……?"

"어쩌겠습니까? 항복하는 것으로 가닥을 잡을밖에요."

"풋! 푸후후후…….'

"핫! 하하하핫!"

최형만의 말에 김덕모가 절로 새어 나오는 웃음을 참지 못하고 웃어 댔고, 조택상과 송수명도 그 말의 진의를 알기에 파안대소했다.

생각을 해 보라.

중국 측에서 제시한 시한이 만료되어 한국이 어쩔 수 없다는 식으로 중국 내에 암약하고 있는 모든 첩보원들을 철수시키겠다고 통보하면, 중국은 송수명을 넘겨줘야 한다.

그런데 정작 당사자인 송수명이 사라져 버렸으니 당황한

중국 측이 어떻게 나올지가 기대되는 것이다.

이로써 그동안 중국 내에 구축해 놓은 첩보원들의 철수는 물 건너갔다고 해도 좋았다.

다만 송수명을 넘겨받지 못하는 대가로 무엇을 요구할 것인가를 짚어 볼 일만 남은 것이다.

"만에 하나라도 꼬투리가 잡힐 일이 없었으면 싶은데……송 국장, 그럴 일은 없겠지?"

"아마도요. 페리를 타고 올 때도 변장을 했으니 설사 기관장이란 사람이 공안에 잡혀 전부 불었더라도 알지 못할 겁니다. 천 요원 그 친구, 대담하면서도 꼼꼼하더군요."

송수명은 아직도 담용을 천건호로 알고 있었다.

"저를 기관실 벽의 공구함에 숨기는 방법은 정말 기발한 착상이었습니다."

"오호, 공구함이 그렇게 컸던가?"

"제 몸 하나는 충분히 들어가더군요."

"덜어 낸 공구들은 어쩌고?"

"강판으로 막고 거기다가 공구들을 거는 방식으로 공안의 눈을 속였습니다."

"하하핫, 그야말로 기발하군그래."

"거참, 그러려면 기관실의 구조를 좀 알아야 할 텐데, 제로가 그런 경험이 있었던가?"

조택상이 최형만을 바라보며 물었다.

절레절레.

"그런 경험은 없는 걸로 알고 있네. 책이나 어디서 본 걸 응용하지 않았나 여겨지네."

"흠, 그럴 수도 있겠군."

끄덕끄덕.

"아무튼 기발했던 건 사실이야."

두 사람의 대화를 듣고 있던 송수명이 최형만에게 물었다.

"저기…… 최 차장님."

"응?"

"제가 몇 년 나가 있어서 그런지는 몰라도 천 요원은 처음 보는 얼굴이었습니다. 뭐, 이름이야 가명을 쓰는 일이 잦으니 그렇다고 쳐도 그동안 제가 겪어 왔던 그 어느 요원들보다 유능해 보였습니다. 대체 누굽니까?"

"어! 말하지 않던가?"

"물어봤지만 세 분 차장님께 여쭤 보라며 말을 돌리더군요."

"크흠."

헛기침을 한 최형만이 김덕모를 쳐다보았다.

알려 줘도 될지 어떨지 묻는 눈빛이다. 제로벡터란 암호명이 녹록한 것이 아니어서 함부로 발설할 수가 없어서였다.

"어차피 송 국장은 대외적으로 실종 상태로 남아 있어야 하지 않겠소?"

"그렇지요. 중국이 눈을 부릅뜨고 있는 상황이라 신분은 말할 것도 없고…… 아마 모든 걸 바꿔야 할 겁니다."

대외적으로 얼굴을 내밀 수 없게 됐다는 말임과 동시에 신분은 물론 가족 등에게 미칠 영향까지 고려해야 한다는 얘기다.

이는 송수명에게 그만한 가치가 있음을 뜻했고, 또한 담용의 신분을 밝혀도 상관없다는 의미이기도 했다.

하지만 급한 일이 아니었기에 김덕모가 송수명에게 물었다.

"일단 송 국장의 직책부터 정해야겠군. 혹시 원하는 부서가 있는가?"

"기존에 해 오던 일도 있으니, 대공 분야라면 어디든 상관없겠습니다."

"기존에 해 오던 일이라면 보고를 받아 대충 알고 있지만 혹시라도 그럴 만한 특별한 일이라도 있는 건가?"

"예."

"흠, 말해 보게."

"동북 3성을 무대로 암약하고 있는 북한 공작원 한 명을 반드시 처치해 버려야 할 일이 있어서요."

"응? 혹시…… 족제비 말인가?"

"맞습니다. 탈북자 납치 공작원인데, 워낙 악질이라……. 그럼에도 아직까지 놈의 종적조차 파악하지 못하고 있는 실정입니다."

"그래서 단순히 별명만 붙여 놓고 쫓고 있는 건가?"

"아쉽게도 그렇습니다. 꼭 닭장에 갇힌 닭을 물어뜯는 족제비 같은 놈이라…… 반드시 잡아야 합니다."

탈북자들은 닭이고 북한 공작원은 족제비란 얘기다.

"더군다나 제가 잡히는 바람에 요원들의 활동이 스톱이 된 상태라 더 그렇습니다."

"하긴 몸을 사릴 수밖에 없겠지."

공안들의 눈이 시퍼렇게 살아 있는데 요원들이 움직이기는 어려울 것이다.

"피해가 막심한가?"

"예. 놈은 호위사의 보위부 출신입니다. 그래서인지 잔인하기 이를 데 없습니다."

북한의 호위사 보위부는 한국으로 치면 기무사에 해당했다. 이 말은 특수부대 출신이라는 뜻이다.

"특수부대?"

"예."

"헐! 몇 명 되지도 않는 특수부대 출신 요원을 고작 탈북자들을 잡는 데 동원했단 말인가?"

"하핫, 그래도 20만 명이나 된다고 하지 않습니까?"

"풋, 20만 명은 무슨……."

송수명이 웃으며 하는 말에 김덕모가 피식거렸다.

북한의 선전 매체는 일당백의 인간 병기인 특수부대 요원이 20만 명이라고 하지만 그건 전부 뻥이다.

즉, 거품이 잔뜩 낀 선전일 뿐이라는 것.

특수부대란 적의 주요 시설에 침투해 파괴하거나 요인 암살 혹은 아군 구출 등의 특수한 임무를 수행하기 위한 훈련된 부대다.

이는 적의 주력과 싸워서 궤멸시키는 목적으로 설립된 부대가 아니라는 의미다.

그런 고급 전투 요원이 20만 명이라고?

지나가던 개가 다 웃을 일이다.

이를 증명하는 것은 북한이 20만 명이란 특수요원을 훈련시키고 유지할 자금이 없다는 점이다.

설사 존재한다고 하더라도 명칭뿐이다.

실질적인 특수부대 요원들도 배불리 먹지 못하고 있는 실정임은 특수부대 출신 탈북자들의 말에도 드러난다.

무엇보다 한심한 건 북한 특수부대 중 가장 정예화된 요원들이 기껏해야 김정일과 주요 인사들의 보디가드 혹은 평양의 반란 진압 임무를 맡고 있다는 사실이다.

즉, 몸보신용이나 다름없는 군대란 얘기다.

뭐, 그렇다고 경계를 게을리하자는 말은 아니다.

어쨌든 국정원 요원들이라면 비밀도 아닌 사실이라 송수명이 입을 열었다.

"그만큼 탈북자들을 잡아들이는 일이 북한에 중요한 과제가 됐다는 얘기지요."

"하기야 탈북자들이 날이 갈수록 늘어나고 있으니…….
피해 인원은 얼마나 되나?"

"전체적인 통계는 알 수 없지만 결코 적지 않을 겁니다.
더욱이 족제비 놈은 탈북자들을 납치해서 북한으로 이송하기보다는 그 자리에서 죽여 묻어 버리는 터라……. 지금까지 족제비에 의해 피해를 입은 인원만 해도 확인된 것만 쉰 명이 넘습니다."

확인되지 않은 인원이 더 있을 것이라는 뜻.

"마지막으로 확인된 종적은 어딘가?"

"제가 잡히기 직전에 받은 보고에 의하면 대련입니다. 5층 아파트에서 세 명의 탈북자와 민간단체에서 나온 사람 한 명이 살해된 것이 발견됐습니다."

"아, 아. 대련의 그 사건이라면 중국 측에서 발표한 바가 있네. 한국인 관광객 한 명이 강도에게 살해됐다고 했네. 영사를 파견해 확인은 했지만 믿지는 않았네."

탈북자들이 살해된 것은 쏙 빼고 관광객의 숫자만 발표했다는 얘기다.

"중국 측에서는 우리가 정식으로 따지고 들지 못할 걸 알고 하는 작태입니다. 탈북자에 관한 한은 북한 편에 서 있으니까요."

"탈북자 문제를 거론하자고 제의를 해도 차일피일 미루고 있으니 지금은 어쩔 수 없네. 그나저나 족제비를 반드시 잡기는 해야겠군, 피해가 막심하니 말일세."

"더 큰 문제는 공안이나 경찰이 탈북자들의 문제에 대해 그다지 호의적이지 않다는 것입니다. 오히려 공작원들을 도와서 탈북자들을 더 몰아세우고 있지요."

"흠, 그 문제는 다시 거론하도록 하세. 아무튼 대북공작 파트에서 근무하는 것이 적당하겠어. 최 차장, 자리가 있겠소?"

"왜 없겠습니까? 주지하다시피 코드 원께서 대공 요원들을 대폭 줄이는 통에 인원이 많이 모자랍니다."

사실이 그랬다. 현 대통령이 대공작전부 요원들을 대폭 감원한 바가 있었다.

그것도 무려 1천 명에 가까운 요원들이 옷을 벗고 거리로 나앉은 것이다.

그렇다 보니 대공 부서는 곳곳에 구멍이 숭숭 뚫려 있어 업무에 막대한 지장이 초래되고 있는 중이었다.

"송 국장 같은 유능한 요원이라면 자리를 만들어서라도 앉혀야지요."

"부탁하리다."

"저기…… 최 차장님, 조금 전에 제가 물은 것이 있습니다만……."

"아, 아, 천건호가 누구냐고 물었었지."

"……예."

"그는…… OP요원일세."

"예? OP요원요?"

"그러네. 암호명 제로벡터이기도 하지."

"……!"

아무렇지도 않게 말하는 최형만의 어투에 송수명이 '이게 무슨 말인가?' 하는 눈빛으로 세 사람을 돌아보았다.

그 모습에 빙긋 웃은 김덕모가 말했다.

"궁금하겠지만 그 얘긴 이따가 자세히 말해 줌세. 그보다……."

최형만에게 시선을 돌린 김덕모가 물었다.

"육 담당관은 지금 뭐 하고 있소?"

"정 팀장이 있는 지리산으로 갔습니다."

"아! 기어이 그 작자들을 처리할 모양이군. 맞소?"

"예, 그 때문에 송 국장의 일을 급히 끝내고 온 겁니다."

"외투사의 인물들을 건드린다면 문제가 되지 않을까요?"

그렇게 말하는 김덕모의 근심은 다른 데 있지 않았다. 다름 아니라 막강한 자금력을 보유한 금융회사를 건드렸을 경우 자칫 막대한 피해가 생길 수도 있기 때문이었다.

"제로가 하는 일입니다, 믿고 맡기십시오. 제로의 일에 사사건건 간섭하는 게 모양이 좋아 보이지 않는 점도 있지만,

저는 깡패 같은 외투사는 손을 봐야 한다고 생각합니다."

"허어, 최 차장이 언제부터 그렇게 강성파로 변했소이까?"

"허허헛, 사안에 따라서는 저도 바뀔 수 있지요. 무엇보다 제로를 말릴 수 있는 명분이 없습니다."

"말리기는 해 보셨소?"

"그럼요. 그런데 단단히 벼르고 있는 터라 씨알도 안 먹히더군요. 쯧, 김포공항에 도착하자마자 사무실은커녕 집에 들르지도 않고 지리산으로 곧장 갔을 정도니, 그 마음이 어떤지 미루어 짐작할 수 있지요."

"하긴…… 자신을 타깃으로 살해를 사주한 작자이니…… 쩝."

더구나 하마터면 죽을 뻔한 사안이지 않은가?

입맛을 살짝 다신 김덕모가 이번에는 조택상에게 시선을 돌렸다.

"제로의 부탁은 어떻게 되고 있소?"

"아, 전호철 여단장의 진급 문제라면 크게 지장이 없을 것 같습니다. 그동안 큰 과오도 없었지만 어차피 이번 진급의 대상이었으니까요."

"그렇다고 해도 반대파는 늘 있기 마련이지 않겠소?"

"하핫, 반대파야 늘 있어 왔지요. 그들 나름대로 기수마다 끈끈한 인맥을 형성하고 있으니까요. 그렇지만 그것이 문제가 될 정도의 과오는 없습니다."

"쩝, 어딜 가나 그놈의 인맥이 문제로군. 하면 거취 문제는요?"

"그게 좀 어렵습니다."

"어째서요?"

"평생을 야전으로만 전전하다 보니 행정직이 마땅치 않은지 본인이 강력하게 고사하고 있습니다."

"흠, 방위 사업에 관한 부서인데도 말이오?"

"예, 자신은 보병이지 무기 전문가가 아니라면서 고개를 젓더군요. 무엇보다 관계자들과 머리싸움을 할 생각을 하면 차라리 진급을 안 하고 말겠다는 표정이었습니다."

"허어, 본인이 고사한다면 제로도 어쩔 수 없는 거 아니오?"

"그렇긴 합니다만…… 대신에 전 장군이 원하는 지역이 있습니다."

"호오. 거기가 어디요?"

"보병 제ㅇㅇ사단입니다."

"보병 제ㅇㅇ사단이면?"

"양구에 있습니다. 세 개 연대 중 한 개 연대는 인제에 있고요."

"하면 교육사단이라는 얘기군요."

"그렇습니다. 군기가 엄중한 부대이기도 해서 마음에 드는 모양입니다."

"흠, 그 문제는 제로와 의논해 보길 바라오."

"알겠습니다."

"참, 아차산은 지금 어떻소?"

"곧바로 공사에 들어간 상태입니다. 핑계는 잡목들을 베어 내고 잣나무와 밤나무를 식재하는 것과 둘레길 공사 그리고 체육 시설 확장입니다."

"그럴듯하군요. CIA의 움직임은 어떻소?"

"현재까지는 별다른 움직임이 없는 것으로 파악되고 있습니다. 다만 토미와 그랙이 어슬렁거리며 다닐 뿐입니다. 딱히 특별한 임무를 받은 것 같아 보이진 않는다고 합니다. 물론 그럴 일이야 없겠지만, 당장 뚜렷한 행동은 보이지 않고 있다는 보고입니다."

"흠, 그 일에 대해서는 전혀 눈치채지 못한 것 같소?"

그 일이란 담용에 의해 스캇과 케이힐이 사라진 것을 말했다.

"그런 것 같습니다."

"제로는 기어이 휴가를 가겠다고 한다면서요?"

"……예."

"으음, 제로에게는 안된 얘기지만 일거리를 만들어 보시오. 휴가 기간이 최하가 1년이라면 그동안 우리는 손 놓고 빤히 보고만 있을 일이 너무나 많지 않겠소?"

"그렇긴 합니다만 제로의 말에도 일리가 있습니다. 제로가 강해진다는 것은 우리의 전력이 그만큼 강해지는 것과 다를 바가 없으니까요."

"어렵다면 절충하는 방안을 강구해 보시오. 1년은 너무 기오. 이건 나만의 생각은 아닐 거요."

"그렇긴 합니다."

"방법을 강구해 보겠습니다."

"자, 이제부터 중국 측의 응대에 따라 우리가 어떤 요구를 할지 연구해 봅시다. 시간이 많지 않으니 각자 고민을 해 보고 내일 이 시간에 다시 보도록 하지요."

"알겠습니다."

2000년 9월 29일.

지리산의 한쪽이 한눈에 들어오는 남원.

시각은 08시 30분경으로 담용이 정광수 팀장을 만난 곳은 남원공설시장 입구였다.

애마인 레인지로버를 가지러 갈 시간도 아까워 그 먼 길을 택시를 대절해서 타고 온 참이다.

"담당관님, 어째 때를 맞춰서 오신 것 같습니다."

만나자마자 실실 웃으며 말을 건네는 정광수다.

정광수는 담용이 중국에 다녀온 사실을 모르고 있었다.

"예? 무슨 말입니까?"

"하핫, 오늘이 남원 장날이거든요."

"아! 오늘이 장날입니까?"

"2일과 9일이 장날인데 오늘이 29일이니 말입니다."

지방의 장날이라면 보통 오일장을 일컫는다. 시대가 변해 옛날 같지 않은 요즘이라지만, 볼거리가 별로 없는 시골에서는 거의 행사에 준하는 날이다.

필요한 물건을 사고 또 직접 생산한 농산물을 내다파는 것은 물론, 이웃 마을 사람들과 오랜만에 만나 대포 한잔 걸치면서 대화를 나누는 특별한 날이기도 했다.

당연히 각 마을에서 온 사람들로 북적일 수밖에 없다.

"그래서 아침부터 북적이는군요."

때를 맞췄는지 가는 날이 장날이라고 오늘이 남원에 장이 서는 날이라 이른 아침부터 부산한 것이 조금 이상타 했다.

이 모두 부지런히 발품을 팔며 전국을 누비며 열심히 살아가는 장돌뱅이들의 움직임 때문이었다.

"조금 있으면 공설 시장은 물론 길 저쪽 끝까지 좌판이 꽉 들어찬다고 합니다."

"하핫, 한갓진 곳에서 만난다는 것이 가장 복잡한 장소가 되어 버린 셈이군요."

지금도 물품을 실은 차량들이 끊임없이 드나들고 있는 중이라 담용의 말은 거짓이 아니었다.

"행적을 숨기려면 조용한 것보다 북적한 것이 오히려 더 낫지요."

"그렇긴 하죠. 놈들은 지금 어디 있습니까?"

"스위트호텔에 머물고 있습니다."

"혹시 일정이 어떤지 압니까?"

"그건 모릅니다. 혹시라도 일을 끝낸 후에 행적이 노출될 수 있어 원거리에서 추적하고 있는 상황이라서요."

"잘하셨습니다. 지금 누가 가 있죠?"

"영어에 능통한 최 요원입니다. 구 요원과 김 요원은 5백 미터 거리를 두고 대기 중이고요."

"고생들이 많군요."

최 요원이란 최갑식을 말했다. 최갑식은 영어, 구동진 요원은 일본어, 김창식 요원은 중국어에 능통했다.

언어만으로 치면 환상적인 조합이라 할 수 있었다.

"이거 자리를 비켜 줘야겠는데요?"

"아, 예."

두 사람이 걸터앉은 곳으로 등이 굽은 할머니 한 분이 다가와 주춤거리고 있는 모습에 담용이 얼른 일어섰다.

할머니의 뒤로 자루들이 가득한 리어카가 보였다. 거기다 질빵까지 지고 있는 할머니다.

'여기가 할머니 자리였구나.'

얼른 다가간 담용이 리어카를 잡았다.

리어카의 핸들을 잡자마자 묵직함이 느껴졌다.

"어이구, 할머니, 이렇게 무거운 걸 어떻게 끌고 왔어요?"

"고맙수, 총각."

아무렇지도 않은 듯 듬성해진 이빨을 드러내며 환하게 웃음을 짓는 할머니다.

할머니가 질빵으로 등에 진 보퉁이를 들어 내리던 정광수가 물었다.

"할머니, 이게 다 뭡니까?"

"고추여라."

"고추요?"

"그려, 태양초지라."

"태양초면 할머니께서 직접 말리신 겁니까?"

"암은, 나가 직접 농사져서 볕에 말린 거란께."

"연세가 몇이신데 여태 농사를 지어요?"

"아작은 끄떡없구먼이라. 함 볼텨?"

다짜고짜 자루 끈을 풀어 바싹한 고추를 한 주먹 덜어 내쑥 내미는 할머니다.

쭈글한 손은 나무껍질을 연상케 했지만 탐스럽게 말린 빨간 고추만큼이나 정감이 갔다.

"여그 꼭지가 노랗재?"

"예, 그러네요."

"이기 바로 태양초랑께. 건조기에서 억지로 말린 거는 파랗당께로."

"아! 햇빛에 말리면 꼭지가 노랗게 되는군요."

"그라재, 빛깔이 좋재?"

"정말 그러네요."

"나가 밤새워 먼지까정 닦아 내느라 식겁했재."

아닌 게 아니라 고추가 빨갛고 번지르르한 것이 빛깔이 좋았다.

할머니가 조금은 자랑스러운 듯한 어투로 고개를 주억거리며 리어카에 단단히 동여맨 끈을 풀기 시작하자, 이를 거들던 담용이 물었다.

"그 연세에 고추 농사를 짓느라 고생이 많았겠어요."

"인자는 심이 부쳐서 많이 못 짓는 게라. 가져온 게 전부랑게."

"자녀분들 몫은요?"

"헛헛, 그기사 당연히 냉기뒀재. 자슥들 주는 재미로 농사짓는 거인데 다 팔아 불면 워쩌?"

"하하핫, 그렇죠. 여기가 할머니 자립니까?"

"그라제. 쬐깐하지만 여그가 장날만 되문 나가 앉는 자리여라. 그란디 워디서 왔는감? 남원 사람은 아닌 것 같은디 말씨."

"아, 예, 서울에서 왔습니다. 볼일이 있어서요."

"멀리서도 왔구만이라."

"할머니, 이게 전부 얼마나 됩니까?"

"백 근은 너끈히 나갈 거랑께."

"백 근이면…… 돈으로 치면 얼마나 되는데요?"

"글씨, 그기…… 오늘 시세가 워치케 되는지 알아봐야 알 것제. 한디 그건 와 물어보는 게라?"

"할머니께서 직접 말리신 태양초라니까 믿고 먹을 수 있을 것 같아서 사려고요."

"나가 정성들인 만큼 맛이야 좋것제, 암은."

"할머니, 백 근이면 전부 얼마 드리면 될까요?"

"워메! 이걸 다 사것단 말이어라?"

갑자기 웬 횡재냐 싶었던 할머니가 긴가민가한 표정으로 담용을 물끄러미 쳐다보았다.

"하핫, 예, 식구가 많아서요."

"움마, 아무리 큰 식구라도 그렇지라. 오래 두고 묵으면 둔내 나고 바구미 껴서 못 쓴당께로."

"몇 집이 나눌 거니까 오래 두고 먹지는 않을 겁니다."

"글타면야……. 어이구, 저기 오는구만이라."

할머니가 누굴 봤는지 잰걸음으로 자리를 벗어나더니 전신이 구릿빛으로 그을린 중년의 농부에게 뭔가를 묻고는 희희낙락해서 돌아왔다.

"김 씨 말이 열 근에 6만 원이면 될 거라네."

"그럼 전부 해서 6십만 원이면 됩니까?"

"계산이야 글케 되지만서두……."

말을 맺지 못하고 주저주저하던 할머니를 보던 담용이 등에 졌던 보퉁이를 툭툭 치며 물었다.

"할머니, 이건 뭐죠?"

"아, 그건 빻은 고추여."

"몇 근인데요?"

"스무 근 정도는 되지 싶고만. 낱개로 조금씩 사 가는 사람들도 있어서 준비해 온 게라."

"할머니, 그러지 마시고 이것도 제게 파세요."

"하이구메, 그것까정 사것다고라?"

"예, 한꺼번에 파시면 할머닌 땡볕인 시장 바닥에서 고생하지 않아 좋고, 저도 좋은 고추를 사서 좋잖습니까?"

"글키야 한디…… 가만있어 보우."

그렇게 말하고는 잠시 뭘 또 생각하는지 잠시 눈을 껌뻑이다가 이내 입을 열었다.

"그람 이라지라."

"예?"

"열 근에 5만 원으로 해서 값을 치르면 되것으라. 워뗘?"

"어? 할머니, 힘들게 농사를 지으셔서 그렇게 싸게 파시면 손해잖아요?"

"손해는 무슨…… 그렇게 팔아도 암시랑도 않당게로."

"……!"

"그라고 나이 먹고 욕심부리몬 못쓰는 뱁인 게라. 내려놓을 줄도 알아야제. 워쪄, 살 텐감?"

"아, 무, 물론이죠."

"차는 있고?"

"예, 가지고 왔지요. 봉고로요."

"오메, 봉고라면 딱이구먼."

"할머니, 잠시만요."

담용이 할머니와 흥정 아닌 흥정을 하는 걸 벌쭘한 자세로 보고 있던 정광수에게 다가갔다.

"정 팀장님, 수중에 돈이 얼마나 있습니까?"

"백만 원 정도 있습니다. 출장비로 받아 온 거죠."

"아, 잘됐네요. 제게 카드밖에 없어서 그러는데 좀 빌려주세요."

"5십만 원은 십만 원짜리 수푠데 괜찮겠습니까?"

"어? 그래요?"

수표라는 말에 담용이 할머니에게 물었다.

"할머니, 수표도 괜찮습니까?"

"수표라고라?"

"예. 어쩌지요?"

"그람 잠시 지둘려 보우."

잠시 난색을 표하던 할머니가 또다시 종종걸음으로 자리를 떠나더니 길 건너편의 솜이불 가게 안으로 들어갔다가 잠시 후에 돌아왔다.

"총각, 잠시 지둘리야겠으라."

"어, 얼마나요?"

슬쩍 시간을 보니 09시 10분이다.

"금방 저짝에서 누가 온다니께 쫌 지둘려 보랑게."

"아, 예."

영문을 모른 채 대답한 담용이 정광수를 쳐다보니 오른손을 귀에 붙이고 있는 걸로 보아 이어폰으로 통화 중인 듯했다.

어째 시간에 쫓길 것 같다는 예감이 들었다.

담용이 고추에 대해 별로 아는 건 없지만 할머니의 고추는 특상품인 게 틀림이 없었다.

장모, 즉 전통 음식에 취미를 둔 전정희 여사와 조모님에게 선물하기 위해서라도 꼭 사고 싶었다.

윤상돈 원장과 윤관수 소장에게도 고추를 선물해도 괜찮을 것 같았다.

뭐, 당연히 동행하고 있는 팀원들에게도 선물할 생각이다.

"담당관님, 호텔을 출발했답니다."

"어, 그래요? 방향은요?"

"육모정 쪽으로 갈 것 같다고 합니다."

"육모정이면…… 어디죠?"

"춘향이의 묘가 있는 곳으로, 지리산으로 들어가는 입구에 있는 정자입니다."

"잠시 시간이 있겠지요?"

"그럼요. 다만 일을 벌일 장소가 어딘지 알아야……."

그게 문제이긴 했다.

담용이 늦게 오는 바람에 일을 벌일 장소를 물색하지 못한 것도 걸림돌이었지만, 사실 체프먼과 그 일행이 어디로 갈지 몰라 더 애매했다.

고로 딱히 계획을 어디서 어떻게 실행해야 할지도 알 수 없는 상태였다.

"앞질러 가려면 지금 출발하셔도 늦을 텐데요."

"이왕에 늦은 거니 기회를 보지요. 어차피 그 자식들도 금방 올라갈 것 같지는 않으니까요."

"그러시죠."

조급증을 내는 것보다 차라리 여유를 가지고 느긋하게 움직이기로 한 담용이 할머니에게 빙긋 웃어 주었다.

"기다릴게요, 할머니."

"나가 괜히 바쁜 사람들을 붙잡은 거 같은디 우짜?"

"하하핫, 아닙니다, 할머니."

담용이 허헛 하고 웃을 때, 숨이 턱에 찬 젊은 사내가 곁으로 다가왔다.

"헥헥, 할머니, 할머니 존함이 조봉례 씨세요?"

"오메, 총각이 농협에서 온……."

"예, 제가 고종술 씨 전화를 받았습니다."

"그려, 그려. 여그…… 바쁜 양반들 같은디 싸게 해결 보드라고."

"아, 예."

할머니의 재촉에 사내가 담용에게로 돌아섰다.

"남원지점 농협에서 일하는 정종철 대립니다. 고춧값을 지불하신다고요?"

"아, 예. 전부 72만 원입니다. 여기……."

"아이구, 안 된다니께 그래싸! 걍 60만 원만 내야!"

"아닙니다, 할머니. 이렇게 좋은 고추는 열 근에 10만 원을 줘도 아깝지 않으니 그냥 받으세요. 아, 뭐 하세요, 얼른 거스름돈을 주지 않고."

"아, 예, 예. 여기 8만 원입니다."

"근데 농협 직원이 거스름돈 때문에 일부러 오신 겁니까?"

"하핫, 그건 아니고요. 할머니가 큰돈을 가지고 다니면 쓰리를 당하실까 봐 미리 저축을 하는 거지요."

쓰리는 소매치기의 일본 말이다.

"아아. 예."

"장이 서는 날마다 그놈의 쓰리꾼들 땜에 몸살을 앓거든요. 특히 저쪽 우시장에 가면 더 심해서, 우리가 아예 상주하면서 업무를 볼 정도지요."

"그래요?"

"예, 큰돈이 오가는 곳이라서요. 더구나 곧 단풍철이라 놈들이 극성을 부릴 때지요."

"그럼 이 돈은 할머니 통장으로 들어가는 겁니까?"

"예, 조봉례 할머니의 통장이 만들어져 있거든요."

"알겠습니다. 할머니 돈, 잘 부탁합니다."

"염려 마십시오."

담용이 다짐까지 하고는 조봉례 할머니의 손을 잡았다.

"할머니, 어쩌다 이렇게 만났지만 건강하게 오래오래 사시라고 말씀드리고 싶네요."

"오메, 오메. 이리 고마울 데가⋯⋯. 고마우이, 총각. 또 올 일이 있으면 쩌그 신촌이란 델 들러 주우. 나가 거기 사는구만이라."

"아, 예. 신촌요."

"그랴그랴, 나가 추어탕을 맛깔나게 끓여서 대접할 기구만이라."

"하하핫, 추어탕보다 할머니 보고 싶어서라도 오게 되면 꼭 들르겠습니다."

"그랴그랴, 꼭 들르랑게."

"근데 누굴 찾는다고 해야 합니까?"

"억척이 할멈네라고 하면 근동에서는 다 안당께. 몇 가구 되지도 않으니께 찾기가 쉽지라."

"아, 억척이 할머니요?"

"그랴그랴."

"예. 그럼 할머니, 가 보겠습니다."

"그랴, 바쁜 사람인디⋯⋯ 싸게 싸게 가더라고."

인간 대 캠핑카

체프먼과 그 일행을 태우고 스위트호텔을 출발한 차량은 태양열을 이용할 수 있는 검정색 국내 산 쏠라티 캠핑카였다.

H사가 야심 차게 개발한 모델로, 넓은 공간과 함께 다양한 편의 장비를 갖추고 있는 것이 특징이다.

샤워 부스는 물론 화장실과 가스레인지를 포함한 싱크대와 최초 2층형 침대를 적용해 실용적인 공간과 편안한 잠자리를 구현해 낸 럭셔리 캠핑카인 것이다.

쏠라티라는 이름처럼 태양광 충전판과 차량 내부 보조 배터리를 장착해 TV 시청도 가능케 했다.

어쨌든 척 보기에도 럭셔리해 보이는 캠핑카는 미끄러지

듯 남원 시내를 통과해 지리산 입구인 육모정으로 향했다.

"잭, 코스는 제대로 익혔나?"

"대강은요."

"안내도 할 수 있고?"

"그것도 대충……."

"그래? 지금이라도 자신이 없으면 말해. 가이드를 구하는 건 어렵지 않으니까."

"보스, 염려하지 마시고 거기 비치함에 꽂힌 지도를 보십시오. 제가 빨간 펜으로 여행 코스를 그어 놨습니다."

"여기……."

옆에 앉은 호건이 접혀 있는 지도를 펼치더니 한 지점을 가리켰다.

"유크……모제옹?"

지도에 육모정(Yuk-mo-jeong)이라 적힌 영문 표기를 보고 고개를 갸웃하던 체프먼이 투덜거렸다.

"젠장, 한국어는 발음하기가 너무 어렵단 말이야. 잭, 이 코스로 정한 이유가 뭐야?"

"단풍을 보면서 드라이버하기에 가장 무난한 종주 코스라고 해서요. 그리고 이 코스를 가다 보면 노고댄고우가에 (No-go-dan gogae)가 나옵니다. 거길 넘어가면 캠핑 장소가 있다고 했습니다. 거기서 하룻밤을 보내는 것도 괜찮을 것 같아서요."

"호텔에서 물어본 거야?"

"옙! 곧 육크모제웅입니다. 오른쪽을 보시면 됩니다."

갑자기 좁아지는 도로 탓에 잭이 서행했다.

"흠, 답답하군."

"창문을 여는 게 좋겠어. 신선한 공기가 에어컨 바람보다는 낫지."

스르륵.

조수석에 앉은 마이클이 버튼을 눌러 창문을 열자, 9월 말의 시원한 바람이 훅 끼쳐 왔다.

"흐흠, 좋군."

신선한 공기를 음미하듯 들이쉰 체프먼의 시선이 우측으로 향했다.

고색창연해 보이는 정자가 한눈에 들어왔다.

"뭐야? 조그만 파빌리언(정자)이잖아?"

"하핫, 땅덩이가 좁은 코리아는 뭐든 작지요. 잠시 멈출 테니 왼쪽을 보십시오."

"응? 저긴 뭐야?"

계단밖에 보이지 않는 풍광에 체프먼의 눈살이 찌푸려졌다.

"계단 위쪽에 코리안 게이샤의 무덤이 있다고 합니다."

"게이샤? 악기 다루면서 춤추는 무희 말이냐?"

"예, 호텔 직원의 말이 비록 게이샤지만 지조가 높았다고 해서 마을 사람들이 만들어 준 무덤이라더군요."

"푸헐."

게이샤의 무덤이라니!

체프먼은 어이가 없는지 머리를 저어 댔다.

그것도 마을 사람들이 한마음으로 만든 무덤이라지 않는가?

세계 어느 곳에서도 없는 진풍경이었다.

"올라가 봐야 무덤밖에 없으니 이만 출발하겠습니다."

부우우웅.

잠시 정차했던 차량이 출발했다.

"다음은 어디야?"

"여기……."

호건이 가리킨 곳은 성삼재(Seong-sam-jae)였다.

"세옹샘자에?"

"그 위쪽은 제옹……용치 파크로군."

"아, 보스, 거기에 휴게소가 있다고 했습니다."

"알아, 여기 있군. 근데 상당히 가파를 것 같은데 코리아산 차량으로 올라갈 수 있겠어?"

"옛! 무난하게 업힐(up-hill)을 할 수 있다고 들었습니다."

"캠핑카가 다른 차량보다 무겁다는 걸 감안하라고."

"보스, 배기량을 감안하면 충분합니다."

"좋아, 믿어 보지."

"단풍이 아직 덜 들었다고는 하지만 구경할 만하다고 했습니다. 제옹용치 휴게소에 도착할 때까지 잠시 쉬십시오."

"그러지."

잭의 말대로 휙휙 지나치는 경치를 구경하던 체프먼이 갑자기 이맛살을 찌푸리며 호건을 쳐다보았다.

"근데 왜 여태 연락이 없는 거야?"

"아직 소재 파악이 안 된 모양이지."

"흥! 큰소리는 뻥뻥 쳐 놓고 못 찾았다는 게 말이 돼?"

"조금 더 기다려 보자고."

"설마 일이 잘못된 건 아니겠지?"

"그들이 누군지 잘 알잖아?"

"하긴……."

머리를 주억거린 체프먼이 등받이에 등을 기댈 때, 갑자기 시끄러운 경적이 들려왔다.

뻥뻥뻥뻥.

"뭐, 뭐야?"

"아무것도 아닙니다. 후미 차량이 앞질러 가려고 길을 비켜 달라는 겁니다."

"에이, 무식한……."

잭이 브레이크를 살며시 밟으며 속도를 늦추고는 도로 끝으로 비켜 주자, 가속페달을 밟은 차량 두 대가 앞서거니 뒤서거니 하면서 요란한 경적을 울리며 한꺼번에 지나쳐 갔다.

"쯧쯔쯔…… 매너 없이……. 이래서 후진국이란 소릴 듣지."

"맞아, 저렇게 깝죽대다가 사고 나기 십상이지."

호건과 마이클이 주먹질을 해 대면서 이죽대는 것을 보던 체프먼은 심사가 그리 편치 않았다.

이유는 친구라면 친구였던 타일러가 종내 소식이 없어서였다.

스캇과 케이힐에게 의뢰를 하고 보니 오늘따라 타일러의 생각이 더 간절했던 것이다.

'썩을 자식, 대체 어디 처박혀 있는 거야?'

죽었다고는 여겨지지 않았다.

코리아가 아프리카나 중동같이 치안이 불안한 나라가 아니어서 더 그런 생각이 들었다.

'일이 너무 커졌어.'

타일러만으로도 일은 충분히 컸다. 한데 스캇과 케이힐이 느닷없이 나타날 줄은 생각지도 못했다.

그랬기에 처음부터 의뢰할 생각이 있었던 것은 아니었다.

'그놈의 HDI빌딩만 아니었더라도…….'

청부 살인을 하고 자신을 지리산까지 오게 한 원인이었지만, 지금에 와서 돌이켜보면 너무 흥분했던 것 같다.

호건의 부추김이 있었다지만 그 역시 자신만큼이나 격분했던 탓임을 어찌 모를까.

일반인들은 모르고 있지만 체프먼 자신은 플루토에 대해 알 만큼 안다. 또 그들의 능력이 어떠한 것인지도 대충은 알고 있었다.

그래서 일이 커졌음을 자각했다.

슬며시 불안한 마음이 든 체프먼이 졸린 음성으로 입을 열었다.

"호건, 전화 좀 해 봐."

"응? 어디?"

"걔들."

"아, 그래."

호건이 짐작했는지 곧바로 전화를 걸었다.

그런데 전원이 꺼져 있다는 멘트가 흘러나오고 금세 멎는다.

"꺼 놨어."

'제길……'

"임무 중에 휴대폰을 꺼 놓는 건 기본이지."

임무에 방해되는 요소가 많아서임을 모르지 않아 체프먼은 눈을 지그시 감고는 상체를 깊이 묻었다.

'피트가 메일을 보지 않았으면 좋겠군.'

엔터를 치는 순간, 되돌릴 수 없는 메일이라 후회해도 늦었지만 마음은 그랬다.

타일러의 의문스러운 실종이 종내 마음에 걸려 혹시 하는 마음에 이번 일을 언급했다.

그 결과에 대한 자신의 의견도 함께.

'결과가 어떻게 됐든 결정적일 때 약점으로 이용해도 괜찮겠지.'

　'

─팀장님, 지금 막 육모정을 지났습니다. 지금 어디십니까?

체프먼과 그 일행이 탄 캠핑카의 동향을 실시간으로 전해 오는 최갑식 요원의 목소리였다.

"바로 뒤를 따르고 있어. 곧 추월할 거야. 넌 어디야?"

─춘향이묘 주차장에 있습니다.

"최 요원도 곧바로 추월해."

─옙, 정령치 휴게소에서 대기하겠습니다.

"오케이."

부우웅.

밴의 가속페달을 밟던 정광수가 담용에게 말했다.

"최 요원인데 춘향이 묘 주차장에 있답니다. 곧 추월해서 정령치휴게소에서 대기할 겁니다."

"김 요원은요?"

"성삼재 휴게소에서 대기하고 있을 겁니다. 구 요원은 일러주신 대로 정령치 너머 도로를 살피고 있을 거고요."

생각이 많은지 조용히 머리를 끄덕여 준 담용이 무릎에 펼쳐 놓은 지도를 뚫어지듯 쳐다보았다.

'으음, 마음에 걸리는 건 도로 난간이 콘크리트 구조물이라는 건데……'

성곽의 미석처럼 약간의 공간을 격해 주르르 나열하듯 구축해 놓은 콘크리트 난간은 튼튼하기 짝이 없다.

물론 지금 눈앞에 휙휙 스치는 스틸 재질의 난간도 있긴 하지만, 낮고 안전한 지대에만 설치되어 있을지도 몰랐다.

담용의 시선이 노고단이라 표시한 지점에 멈췄다.

'응? 노고단?'

문득 의문이 든 담용이 물었다.

"정 팀장님, 노고단으로 차량이 올라갈 수 있습니까?"

"아, 거긴 차량이 올라갈 수 있는 지역이지만 통제로 인해 진입이 어렵습니다."

"그렇군요."

"놈들이 설마하니 걸어서 올라가지는 않을 겁니다."

'하긴……'

귀족으로 자처하는 놈들이라 노고단을 걸어서 올라갈 리 만무하다.

그렇다면 구례나 함안 방향으로 갈 가능성이 컸다. 그래도 그곳이 구경할 만한 게 많아서다.

'쩝, 차량 통행로가 엄청 많네.'

어디로 튈지 감이 잡히질 않을 정도라 일일이 체크하기도 어렵다.

'낭떠러지나 절벽 같은 지점을 지날 때 시도하면 좋을 텐데…….'

이건 미리 가서 살펴봐야 할 문제였다.

"정 팀장님, 구 요원에게 연락해서 난간의 상태가 어떤지 물어봐 주십시오."

"그러지요."

무전기를 조작하자 곧 구동진의 음성이 들려왔다.

－팀장님, 구동진입니다.

"어딘가?"

－정령치를 넘어와 있습니다.

"그쪽 난간 상태는 어떤가?"

－위험한 낭떠러지라 그런지 난간이 콘크리트로 되어 있습니다.

"알았다. 계속 대기."

－넵!

"콘크리트로 되어 있다는데요?"

끄덕끄덕.

예상했다는 듯 고개를 끄덕이는 담용이다.

"마이크 이어폰 여분이 있습니까?"

"아, 물론이죠. 필요합니까?"

"이따가 쓸 일이 있을 것 같아서요."

"거기 글로브 박스를 여시면 안경집처럼 생긴 주머니 안에 있습니다. 주파수는 세팅이 되어 있으니 그대로 사용하시면 되고요. 아! 등산복은 뒷좌석에 있으니 이따가 갈아입으면 됩니다."

조수석의 글로버 박스를 연 담용이 마이크 이어폰을 꺼내더니 귀에 장착을 하고는 눈을 지그시 감으며 등받이에 기댔다.

머리가 복잡해서였다.

'방법을 찾아야 해.'

낭떠러지라도 난간이 콘크리트로 되어 있다면 만사휴의다.

더구나 자연스러운 사고로 인한 죽음이어야 했기에 억지는 곤란했다.

'젠장.'

놈들을 코앞에 두고도 아직 아무런 계획이 없는 상태라 머리는 어지럽고 가슴은 답답했다.

'도박이야.'

담용도 이번 일이 일생일대의 도박이 될 수도 있음을 모르지 않았다.

파이낸싱스타 코리아 지부 법인장의 죽음.

그것도 코리아의 지리산을 여행하다가 운전 부주의로 인해 낭떠러지에서 추락사한 사건.

어떻게 보면 흔히 있을 법한 사고인지도 모른다.

하나, 미국 초능력자들의 집단인 플루토와 연관되어 있다는 점이 모험이라는 단어를 떠올리게 한 것이다.

타일러에 이어 두 명의 초능력자가 실종됐다.

거기에 추적의 단서가 되는 체프먼의 사고사까지 겹친다면, 결코 우연으로 치부될 수가 없다.

금력의 힘은 의외로 막강한 면이 있어 파이낸싱스타에서 미국 정부를 움직일 수도 있다.

그렇게 되면 사이코메트리에 특화된 전문가가 파견될 것이 빤했고, 나아가 정부의 협조를 원하는 사태까지 올 수도 있다.

그러면 플루토 본부가 나설 것은 자명한 일이다.

그렇다고 아차산에서처럼 자신의 목숨을 노리는 놈을 마냥 놔두고 있을 수는 없는 일.

담용으로서는 양단간의 결단을 내려야만 했고, 그 결단은 체프먼의 죽음으로 귀결됐다.

하지만 없애되 그것이 보다 자연스럽다면 도박으로 인한 추적을 늦출 수 있을 것이다.

피할 생각도 없는 담용이다.

지금은 그것만으로 족했지만 언젠가는 플루토와 부딪칠

것으로 예감하고 있었다.

그런데 도박의 방법이 도무지 떠오르질 않았다.

지금이 아니면 더 이상 기회를 얻기도 어렵건만.

'후우.'

마음이 무겁게 가라앉는 느낌이다.

'씨파⋯⋯.'

또다시 인명을 해쳐야 하는 상황이라 막연한 죄의식에 서우러나오는 욕설이었지만 억지로 삼켰다.

정령치 휴게소를 지난 언덕배기 도로.

구동진 요원이 알려 왔던 그 지점에 녹색 사파리 모자에 아래위 검정색 계열의 아웃도어, 그리고 간단한 배낭을 짊어진 담용이 불쑥 모습을 드러냈다.

불쑥이라 한 것은 도로가 아니라 난데없이 숲에서 그 모습을 드러낸 탓이다. 즉, 산등성을 넘어왔다는 뜻.

그만큼 서둘러서 해야 할 일이 있다는 의미이기도 했다.

도로 건너편을 바라보던 담용이 중얼거렸다.

"적당해 보이는걸."

주변의 산세가 가파른 것이 적절한 지점이란 생각이 들었다.

완연한 가을의 풍취를 감상할 마음 따위가 있을 리 없는 담용이 빠른 걸음으로 도로를 건너 낭떠러지 끝에 섰다.

'역시⋯⋯.'

눈앞에 가파른 낭떠러지가 시선 끝까지 펼쳐져 있는 것이 들어왔다.

깎아지른 절벽까지는 아니어도 한번 구르면 멈출 만한 지세는 아니었다.

드문드문 고목들이 산재해 있었지만 거기서 멈춘다고 해도 어마어마한 충격이 가해질 것은 당연했다.

도로 옆 경사면의 폭이 있긴 해도 그마저 경사가 져 있어 문제가 될 것 같지는 않았다.

문제라면 역시 무릎 높이의 콘크리트 난간이었다.

성곽의 미석처럼 대략 50센티 간격으로 나열되어 있는 난간이 오늘따라 마치 철옹성 같은 느낌이다.

추락하기 쉽지 않은 형세.

현장에 와서도 묘안이 떠오르지 않아 마음이 더 바빠지는 담용이다.

'응?'

아래쪽에서 차량의 소음이 들려왔다.

눈에 띄어서 좋을 것 없다는 생각에 다시 제자리를 찾아 숲에 은신했다.

정령치 휴게소에 가 있는 정광수에게는 아직 연락이 없다.

휴게소에서 잠시 쉬면서 경관을 만끽하고 있는 체프먼 일행이 출발하게 되면 곧바로 연락이 올 것이다.

이곳까지 5분여 정도의 시간이 소요된다고 볼 때, 연락이 오게 되면 시간도 마음의 여유도 없는 촉박한 순간이 된다.

그 전에 묘수가 나와야 했다.

퍼뜩 떠오른 것은 그나마 자신이 있다고 여기는 애니멀 커맨딩이란 수법이었다.

'멧돼지로 받아 버리게 하면 좋을 텐데…….'

물론 멧돼지 한 마리로 캠핑카를 날려 버릴 수는 없다. 단지 갑자기 튀어나오는 멧돼지로 인해 운전자가 당황해서 급히 피하다 보면 낭떠러지로 향할 것이 아닌가.

한데 이건 상식적으로도 가능성이 없어 보였다.

다른 방법은 멧돼지와의 교감인데, 단 한 번도 경험이 없었다는 것이 문제였다.

이는 교감을 나눈 적이 없어 멧돼지의 뇌파 종류와 그 용량을 알지 못한다는 뜻이다.

조류나 다람쥐 그리고 토끼 정도는 간혹 어울리다 보니 자연적으로 그들 특유의 뇌파를 알기에 어렵지 않게 불러낼 수 있지만 멧돼지는 달랐던 것이다.

'혹시 뇌파의 용량을 크게 하면…….'

실험하다 보니 짐승들이 몸체나 야성에 따라 뇌파 용량에 차이가 있음을 알기에 가능하지 않을까도 싶었다.

털퍼덕.

생각은 잠시 얼른 가부좌를 틀고 시도에 들어갔다.

시간이 없는 지금 어물거리고 있을 수가 없었다.

담용은 차크라의 기운을 서서히 끌어올려 비등점에 달하게 만들었다.

이어서 멧돼지를 연상하며 이티머시(친밀감)와 사이코맨시(정신감응)를 사방으로 퍼트렸다.

"……."

아침나절이라 그런지 도로도 조용해서 안성맞춤인 고요다. 즉, 소음이나 매연 등의 방해 요소가 없다는 것.

한데 잠시가 지나도 아무런 감응이 없다.

차크라를 더 끌어올려 사위를 훑어보았지만 역시나 반응이 없었다.

뇌파의 문제가 아닌 듯싶은 생각이 들어 운기를 멈췄다.

"후우―!"

문제가 뭔지를 모르지는 않았다.

멧돼지가 다람쥐나 토끼와 달리 맹수에 속한다는 점이었다.

맹수에 속하는 짐승들과의 감응은 다람쥐 같은 겁이 많은 초식동물과는 그 격이 달라 오랜 세월의 심층적인 연구가 필요했다.

지리산으로 와야 할 이유가 또 하나 늘었다.

바인더북

'애니멀 커맨딩이 안 된다면······.'

담용의 뇌리로 그가 알고 있는 10여 가지의 수법이 떠올랐다가 사라지기를 반복했지만, 이런 경우에 쓸 법한 초능력은 두서너 개에 불과했다.

첫째가 사이킥 캐넌psychic cannon, 즉 염동포다.

둘째가 사이킥 배리어psychic barrier, 염동 장벽이다.

셋째가 사이킥 맨틀이다.

굳이 더한다면 텔레키니시스인 염력과 파이로키니시스로 불을 날릴 수 있는 능력이다.

염동포와 염동 장벽은 수련이 미비해 캠핑카를 상대로 하기에는 역부족임을 담용 자신이 잘 안다.

염력과 화공 역시 어림없는 수준이다.

가능한 것이 있다면 그나마 사이킥 맨틀이었다.

그런데 과연 캠핑카를 한 번에 날려 버릴 만한 파워가 되느냐는 점이었다.

'어라, 그러고 보니······.'

사이킥 맨틀을 시도한다손 치더라도 먼저 알아야 할 것이 있었다.

'일단 알아보고 결정하자.'

휴대폰을 꺼낸 담용이 단축키를 눌렀다.

─어이구, 육 사장님, 어쩐 일로 전화를 다······.

더없이 반가운 어조로 맞아 주는 이는 자동차 정비업소를 하는 장지만이었다.

"하핫, 장 사장님, 오랜만입니다."

─그러게요. 격조하셨네요. 저도 마찬가지지만요, 하하핫.

"지금 시간이 없어서 그러는데 한 가지 물어보려고 전화했습니다."

─하핫, 제가 아는 거라면 좋겠네요.

"다른 게 아니고요. 캠핑카의 중량이 얼마나 나가는지 아시면 알려 주십시오."

─캠핑카라면…… 어떤 종류를 말하는 겁니까?

"예?"

─아! 캠핑카도 종류가 있어서요.

"어떤……?"

─이를테면 모터 캐라반이냐 아니면 캠핑 트레일러냐 하는 거죠. 그도 아니라면 피견인식 캠핑카도 있고요.

"글쎄요. 저는 뭐가 뭔지 통…….."

─하하핫, 구분하는 건 간단합니다. 모터 캐라반은 기존의 승합차를 개조해서 만든 거라고 보면 됩니다. 예를 들면 9인승 이하의 차량을 개조한 거지요. 스타렉스나 카니발 같은 차량요.

"아!"

─캠핑 트레일러는 1톤 화물 차량을 기반으로 제작된 것이라고 보면 됩니다. 피견인식은 자동차로 끌고 가는 것이

고요.

"아, 아. 제가 관심이 있는 것은 화물 차량을 개조한 캠핑 캅니다."

─그렇다면 캠핑 트레일러로군요. 왜요, 구입하시게요?

"구입하려는 건 아니고요. 혹시 그거 중량이 얼마나 나가는지 아십니까?"

─그럼요. 혹시 팝업 루프가 있는 겁니까?

"팝업 루프요? 그게 뭡니까?"

─지붕에 천막처럼 불뚝 솟아 있는 구조냐고요. 공간을 확장시킨 경우도 있어서 여쭙는 겁니다.

"아, 그런 형태는 아닙니다."

─그렇다면 3톤가량 될 겁니다. 구조에 따라 4톤까지 가는 것도 있지만, 그건 드문 편이고 대개는 3톤 내외로 보면 됩니다.

"예, 잘 알았습니다. 일간 다시 연락을 드리지요."

─하핫. 뭔 일인지는 모르겠지만 잘되기를 바랍니다.

"고맙습니다. 끊을게요."

통화를 끝낸 담용의 이맛살이 대번 찌푸려졌다.

'젠장 할, 중량이 3톤이라니⋯⋯.'

권총의 운동에너지 정도는 어렵지 않게 견딜 수 있는 담용이었지만, 무려 3천 킬로그램의 무게를 날려 버릴 만한 사이킥 맨틀은 무리라는 생각에 도리질을 해 댔다.

우웅. 우우웅.

'이런, 벌써!'

손아귀에 쥔 휴대폰이 울리자 가장 먼저 든 생각은 정광수 팀장의 연락일 것이라는 점이었다.

아직 그 어떤 준비도 되지 않은 상태에서 참으로 난감했다.

"예, 접니다."

—담당관님, 놈들이 지금 막 출발했습니다.

"알겠습니다. 일단 뒤를 천천히 따르시다가 상황을 보면서 저를 픽업하도록 하십시오."

—넵!

"아! 혹시 모르니까 구급상자를 준비해 주시고요.

—아, 조. 조심하십시오.

"그럴게요."

딸깍.

'우라질, 방법이 없어.'

마음은 점점 초조를 더해 가고 신경은 칼날처럼 날카로워졌다.

"쩝, 이러다가 신경이 닳아 빠지겠군."

달리 방법이 없으니 이제는 어쩔 수 없다. 차크라를 비등점까지 끌어올려 전신을 사이킥 맨틀로 무장해 온몸으로 부딪쳐 보는 수밖에는.

담용은 가부좌를 풀고 일어섰다.

그나마 가장 자신이 있는 초능력 수법이 사이킥 맨틀이었기 때문이다.

먼저 모자의 끈을 조여 매고 목에 차고 있던 버프를 끌어올려 얼굴을 가렸다.

이어 숨을 한껏 들이마시며 심호흡을 했다.

"후우욱! 후우-!"

호흡을 힘차게 내뱉은 담용이 얼굴이 붉어질 정도로 차크라를 있는 대로 끌어올리고는 운기에 들어갔다.

차크라가 비등점에 올랐다 싶은 순간, 나디를 풀어 전신에 두르고는 사이킥 맨틀을 왼쪽 어깨에서 오른쪽 다리로 집중시켰다.

즉, 부딪치는 부위와 지지대 부위에 중점적으로 사이킥 맨틀을 올인한 것이다.

1초, 2초, 3초……

무거운 침묵이 스모그처럼 내려앉은 분위기가 억겁과도 같이 느껴질 때, 멀리서 차량의 소음이 들려왔다.

'온다.'

구불구불한 산세로 인해 캠핑카는 보이지 않았지만 거리는 짐작할 수 있었다.

불뚝불뚝.

왼쪽 어깨에서 팽팽하고도 충만한 울림이 일었다.

아니, 금방이라도 몸에서 떨어져 나갈 듯이 제멋대로 벌크 업을 하고 있다고 보면 맞다.

이는 절정에 이른 차크라가 사이킥 맨틀을 극도로 활성화 시켰을 때 나오는 현상이었다.

지금의 몸 상태는 전신이 쇳덩이가 된 기분이라 더없이 가뿐하고도 상쾌했다.

컨디션이 최고조에 이른 상태인 이 기세로 캠핑카를 단번에 날려 버린다?

천만에, 그런 욕심까지는 없다. 그럴 만한 위력이 뿜어져 나올 것 같지도 않고.

그저 낭떠러지 쪽으로 방향만 틀어도 대만족이다.

멀리뛰기의 도움닫기를 하듯 주춤주춤 뒤로 물러섰다. 다행히 경사는 졌지만 거치적거리는 나무가 없는 풀숲이다.

거기에 조금 전, 차량 한 대가 지나간 것 외에는 작은 텃새들의 울음소리조차 들리지 않는 고요가 계속되고 있다는 점도 마음에 들었다.

분위기도 같이 편승한 기회.

도로는 내리막길이고 경사는 10도가 채 안 됐다.

여기에 속도까지 빠르다면 더없이 좋은 조건이겠지만, 불행히도 직선코스가 너무 짧아 바라는 건 무리였다.

부우웅—!

속도를 내는지 배기음이 조금 더 커졌다.

담용은 속도에 맞춰 거리를 계산했다. 그리고 충돌이 직각이 되는 시점을 맞추기 위해 마음속으로 숫자를 셌다.

숫자 열에 맞춘 거리 계산이다.

'하나, 둘, 셋, 넷, 다섯, 여섯, 일곱…….'

부우우웅-!

갑자기 속도가 더 빨라졌다.

하지만 상관없었다. 목측이라는 어림짐작도 의외로 정확하니까.

파파파팟!

사이킥 맨틀을 한껏 활성화시킨 담용의 신형이 바닥을 움푹움푹 파면서 앞으로 나아갔다.

이어서 산과 도로 사이의 경계선인 야트막한 옹벽 끄트머리를 박차고 힘차게 점프를 했다.

쑤욱!

중력을 무시한 신체가 허공으로 떠오른다 싶더니 이내 쏜살같이 캠핑카를 향해 그대로 쇄도해 갔다.

그런 와중에 몸을 슬쩍 틀었다.

도로를 딛지 않은 채 캠핑카를 향해 단숨에 내닫으며 왼쪽 어깨를 여는 담용의 모습이 조수석에 앉아 있던 마이클의 눈에 띄었다.

"허헉!"

뭔가 시커먼 물체가 거침없이 부딪쳐 오는 광경에 기겁을 한 마이클의 눈이 때꾼해졌다.

아마도 은밀하고도 쏜살같은 몸놀림인 데다 강력하게 부딪쳐 오는 공격이라 마이클에게는 인지 범위 밖의 장면이어서일 것이다.

인간이라면 당연한 반응.

"저, 저, 저……."

기함한 나머지 눈이 찢어질 듯이 커지면서 말을 못 하고 어버버거리는 마이클이다.

마이클에게서 이상한 낌새를 느낀 체프먼과 호건의 눈길이 그에게로 향했다.

캠핑카의 뒷좌석에는 유리창이 없어 바깥 상황을 보지 못하기 때문이었다.

"마이클! 왜 그……."

체프먼이 입을 떼고 채 말을 맺지 못했을 때다.

꽈아아앙-!

느닷없이 굉음이 일면서 캠핑카의 앞부분에 묵직하고도 거대한 충격파가 전해졌다.

담용의 입에서도 비명이 터져 나왔지만 무지막지한 굉음에 묻혀 버렸다.

들썩! 쑤아아아-!

충돌하는 찰나, 차체 앞부분이 들리면서 한쪽으로 급격하게 쏠린다 싶더니 이내 차량 동체가 붕 떴다.

연이어 건너편 차로를 훌쩍 건너뛰는 캠핑카다.

짤막한 스키드 마크 자국을 낸 캠핑카의 방향이 졸지에 낭떠러지로 향함과 동시에 '콰쾅' 하는 굉음이 터져 나왔다.

콘크리트 난간에 부딪친 결과였지만, 어마어마한 굉음이었다.

한데 콘크리트 난간이 디딤판 역할을 했는지 캠핑카를 허공으로 '붕' 띄워 버리는 것이 아닌가?

그만큼 강력한 운동에너지가 가해졌다는 뜻.

와장창창─!

차창이 박살 나면서 사방으로 파편을 흩트릴 때, 악을 쓰는 비명들이 터져 나왔다.

"뭐, 뭐야? 으아악─!"

"으아아아─!"

후홍─!

허공으로 떠올라 텀블링하듯 한 바퀴 빙글 돈 캠핑카가 경사면 바닥에 '쿵' 소리를 내며 떨어졌다.

그런데 거대한 충격에 밀린 캠핑카는 이미 운동에너지를 한껏 머금은 상태였다.

텅! 터덩! 텅! 텅!

데굴데굴 빠르게 구른 캠핑카가 낭떠러지로 향하더니, 그대로 꺼지듯 시야에서 사라졌다.

쿵! 쿵! 우지끈! 뿌직!

낭떠러지 특유의 소음이 연속해서 들려오기 시작했다.

"아아아악—!"

합창하듯 길게 토해지는 비명이 넝마가 되어 가고 있는 캠핑카의 소음과 어우러졌다.

안전벨트를 한 마이클은 네 사람 중 가장 나았지만 이미 삼혼칠백이 흩어진 상태였다.

무자비하게 낭떠러지를 구르는 상황에서 의식이 까무룩해져 가는 마이클의 뇌리에 본 적도, 들은 적도, 상상해 본 적도 없는 장면이 연방 떠올랐다가 사라지기를 반복했다.

그러다 또다시 '쾅' 하고 바위에 충돌하면서 고개가 꺾여 버렸다.

와드드득. 우직. 쿵쿵쿵…….

캠핑카가 낭떠러지를 구르면서 갖가지 충돌음이 끊임없이 들려오는 가운데, 작용 반작용의 법칙에 따라 산기슭에 처참하게 처박힌 담용의 입에서도 연방 신음이 흘러나오고 있었다.

"으으으……."

형편없이 구겨진 담용은 왼쪽 어깨가 완벽하게 탈골된 채 비틀어져 있었다.

뼈는 뼈대로, 살은 살대로 완전히 해체된 느낌이 이럴까?

극한의 고통에 표정이 일그러질 대로 일그러지는 담용의 모습이었다.

3톤에 달하는 캠핑카를 들이받았으니 몸이 온전할 리가 없는 담용이었지만 의외로 정신은 말짱했다.

기대했던 것보다 훨씬 결과가 좋았던 덕인지는 모르지만 고통을 느끼는 와중에도 기분 또한 삼삼했다.

극통의 와중에서 느끼는 쾌감.

이런 걸 두고 카타르시스를 느꼈다고 하는지는 잘 모르겠지만 기분만은 최고였다.

그런 기분을 삼삼하게 만드는 일은 또 있었다.

'몸을 직접 부딪치는 일은 없었어.'

충격과 동시에 어깨 부위가 불에 덴 느낌처럼 화끈했지만 분명히 그랬다.

화끈한 느낌이 전신으로 급속히 퍼져 거의 실신할 정도였지만, 조수석의 문 역시 깡통처럼 찌그러졌다.

정녕 기대치 않았던 결과가 신기하기까지 했다.

몸을 강철처럼 단단하게 하는 사이킥 맨틀 수법이 몇 단계 강화된 것이 아니라면 그럴 리가 없다.

이는 육체의 보호막이 발현되지 않고서야 어림도 없는 일.

육체의 보호막, 바로 가드 코트guard coat(호신강기)를 일컫는 말이다.

염동 장애물로 자신을 보호하는 사이킥 배리어와는 다른 것이었다.

다만 3천 킬로그램의 캠핑카의 무게를 견디지 못한 가드 코트가 신체에 직접적인 타격을 입힌 결과가 지금의 이 꼴이다.

결국 가드 코트가 견디지 못했다는 얘기.

'더 강해지면 돼.'

처참하게 구겨져 버린 자신의 상태가 뭔가를 얻기 위한 일종의 수업료인 셈이 됐다.

기대 이상의 결과라 담용은 쿨하면서도 담담하게 받아들였다.

기분도 나쁘지 않았다.

이유는 그동안 하루도 거르지 않고 수련해 온 차크라였지만 어딘가 모르게 채워지지 않던 갈증, 아니 억눌림이 있었다.

딱히 뭐라고 표현할 수는 없었지만 담용 자신만이 알 수 있는 뭔가가 뻥 뚫린 기분이었다. 그래서 고장 난 장난감처럼 나동그라져 있지만 걱정이 되지는 않았다.

어쨌든 기합 소리 한 번 없는 공방은 그렇게 일방적(?)으로 끝을 맺었다.

때를 같이하여 정광수가 탄 밴이 요란한 소음을 내며 도착했다.

끼이이익.

벌컥!

"다, 담당관님!"

거칠게 문을 열고 허겁지겁 달려온 정광수의 손에는 구급상자가 들려 있었다.

정광수의 눈에 길바닥에 잔뜩 어질러진 유리 파편은 들어오지도 않는지 담용에게로 득달같이 달려왔다.

"으으…… 빠, 빨리 자리를 벗어나야 합니다."

"상태가 중합니다. 치료부터 먼저 해야 되겠는데요?"

"아니요. 다른 차량이 오기 전에 빨리 떠나야 합니다."

"아! 그 문제라면 요원들에게 통제하라고 했습니다."

"으…… 그, 그렇다고 해도 벗어나는 것이 우선입니다. 등산객이 있을지도 모르고요."

'아! 맞다.'

아침 일찍 등산을 시작했다면 등산객이 없으란 법은 없었다.

"알겠습니다. 어서 제게 몸을 기대십시오."

"크흑!"

담용은 몸을 움직이자, 어깨는 물론이고 오장육부까지 칼로 저미는 듯한 엄청난 통증이 수반됐다.

절로 다리에 힘이 빠지면서 주저앉는 것을 정광수가 힘겹게 끌어당겼다.

그렇게 한 걸음씩 내디딜 때마다 담용은 전신의 신경 다발이 아우성을 치며 통증을 극한으로 몰아가는 것을 느꼈다.

"허어헉. 허억."

숨이 턱턱 막혔다.

움직이는 것이 두려울 정도로 절묘하게 파고드는 통증에 고통이 배가됐다.

"자, 조심조심……."

담용을 조수석에 기대게 한 정광수가 재빨리 올라타 가속 페달을 밟았다.

"조금만 더 가서 어깨부터 봐야겠습니다. 잠시만 참으십시오."

"……예."

고통으로 오만상을 찡그리는 담용은 지금 기절 일보 직전일 만큼 상처가 심했지만 억지로 눈을 부릅뜨며 정신을 차리려고 애썼다.

"신고를 해야 하지 않겠습니까?"

"놔두십시오. 어차피 죽이려던 놈들입니다."

'하긴…….'

구조가 늦으면 늦을수록 회생하기는 더 어려울 것이다.

정광수가 본 바로는 현재 목격자가 없는 상태다.

더욱이 감시 카메라가 없는 지리산 속의 도로이니 걱정할 필요도 없다.

또한 당사자는 물론 자신과 요원들 그리고 세 명의 차장이 입만 다문다면 완전범죄다.

뭐, 그래도 살아난다면 그것 또한 운명일 것이다.

바인더북

"상처가 너무 중해서 요원들을 불러야 되겠습니다."

시체처럼 축 늘어진 담용의 모습에 정광수의 마음이 타들어 갔다.

"그럴 필요 없습니다. 지체 없이 올라가라고 하십시오."

"안 됩니다. 그러다가 응급 시기를 놓치게 되면 잘못될 수도 있다고요!"

"그렇게 되지는 않을 테니 걱정 마시고 일단 차를 한갓진 곳에 대십시오."

그렇게 말하는 데는 그럴 만한 이유가 있다.

바로 차크라의 묘용을 믿기 때문이다.

정신이 혼몽한 와중에도, 말을 하는 와중에도 차크라를 끊임없이 운기해 전신에 순환시키고 있는 담용이다.

당장 시급한 것은 완전히 틀어져 탈골된 어깨를 맞추고 고정시키는 일이었다.

이것은 차크라로도 치유하기가 어렵다.

하지만 차크라의 나디를 어깨에 집중시켜 물리적 힘을 가해 뼈를 맞춘다면 못할 것도 아니었다.

"우선 뼈부터 맞춰야겠습니다."

"담당관님, 그건 저 혼자 힘으로는 어렵습니다."

"제게 방법이 있으니 삼각건 같은 거나 준비해 주십시오."

"나 참……. 알겠습니다."

끼이익.

밴이 갓길 옆으로 난 조그만 공터에 멈춰 섰다.

그때부터 정광수는 서둘러 담용의 응급처치에 들어갔다.

부웅. 부우우웅―!

시간이 흘러 차량들이 하나둘 도로를 오르기 시작하는 때였다.

하지만 선팅이 짙은 컴컴한 밴 안의 사정을 알 길이 없는 그들이다.

그들만의 생각

담용이 지리산에서 부상을 치료하고 있을 즈음의 중국 국가안전부 회의실.

붉은 오성홍기가 내려다보는 실내는 납덩어리처럼 칙칙하고 무거운 침묵이 내려앉아 있었다.

장방형의 탁자를 가운데 두고 실내에는 모두 여덟 명의 인물들이 회의에 참석한 상황이다.

가히 중국 국가안전부를 이끌어 가는 주요 수뇌들이라 할 수 있는 인물들의 면면을 보면 이렇다.

가장 상석에는 중국 국가안전부 부장이자 총감독인 류즈펑.

부부장이자 1급 감독, 만웬빈.

정치부주임, 쨩성.

제1국의 기요국 국장, 마오시양.

제2국의 국제정보국 국장, 류창.

후근처 예하의 제15국 정보분석국 국장, 려양.

그리고 이번 선양 집단 살해 사건을 총괄하고 있는 제8국
장, 쑨야오와 선양 지부장, 바오샤이.

이렇게 여덟 명이었다.

납덩어리 같은 침묵의 근원지는 제8국 국장인 쑨야오와
선양 지부장인 바오샤이, 이 두 사람에게서 전염된 것같이
보였다.

표정이 마치 죽은 시체처럼 푸르죽죽했기 때문이다.

그도 그럴 것이 이번 선양의 집단 살해 사건은 너무도 중
대한 사안이었기에 좀처럼 참석하는 일이 없었던 총감독 류
즈펑이 회의를 주관하고 있었다.

선양 사건으로 당장 숙청을 당한다고 해도 할 말이 없는
쑨야오와 바오샤이다.

숙청을 모면하기 위해서인지 두 사람 앞에는 서류가 산더
미처럼 쌓여 있었다.

마찬가지로 나머지 인물들 역시 코를 박고 들여다보고 있
는 서류가 한 뭉치씩이나 됐다.

그렇게 잠시 더 시간이 흐른 후, 총감독인 류즈펑이 마지
막 장을 덮으며 고개를 드는 것을 시작으로 분위기가 조금씩

변하기 시작했다.

얽히는 시선들을 보니 무거운 침묵만큼이나 불편한 감정이 그대로 드러나는 표정들이다.

가볍게 눈살을 찌푸린 류즈펑이 입술을 말아 올리며 입을 열었다.

"푸훗! 사흘이 지났는데도 범인의 정체를 밝히지 못했다고?"

곱지 않은 류즈펑의 말투에 모두의 시선이 쑨야오에게로 향했다. 제8국장 쑨야오가 맡은 임무였기 때문이었다.

벌떡.

모두의 시선을 한 몸에 받은 쑨야오가 자리를 박차고 일어섰다.

"죄, 죄송합니다, 부, 부장님."

탕!

"이게 죄송하다는 한마디로 넘어갈 수 있는 일이 아니지 않은가?"

"그, 그게…… 보고서에 적힌 대로 범인이 묵었던 쉐라톤 리도 호텔을 샅샅이 뒤졌지만, 정체를 밝힐 만한 단서를 찾지 못했습니다."

"타오센 공항으로 범인이 입국할 때 마중을 나온 자도 찾지 못했다는 게 말이 되느냔 말이다!"

"지금 감시 카메라에 노출된 영상을 가지고 범인을 찾고 있는 중입니다. 시간이 걸리는 점은 현재 본국에 입국해 장기간 상주하고 있는 서방인이 모두 13만 6,815명으로 적지 않은 숫자이기 때문입니다. 그중에 나이가 15세 이하 60세 이상을 제외한 인원이라도 12만 9,477명으로 집계되다 보니 공안들을 총동원해서 집중적으로 조사하고 있지만 시간이 걸리고 있습니다. 거기에 관광 목적으로 입국한 서방인까지 합치면 10만 명이 훌쩍 넘습니다. 그들도 조사 대상이라 시간이 더 필요한 상황입니다."

"끙, 지금 한가하게 그런 보고나 받고 있을 상황이 아니라는 게 문제지."

"총감독님, 오늘까지 랴오닝성 전 지역에 봉쇄령을 내렸으니 공범을 찾아내는 건 시간문제입니다. 조금만 더 기다려 주십시오."

"후우! 나도 고충을 모르는 바가 아니야. 이러는 건 오늘 회의에 참석하기 전에 주석께서 나를 불러 하신 말씀 때문일세."

"……?"

"조속한 시일 내에 범인의 정체를 반드시 밝힐 것과 소속한 국가는 물론 그 이유까지 소상하게 알아내라고 하셨네. 조속한 시일이란 게 뭘 뜻하겠나? 내일이라도 당장 전말을 듣겠다는 말과 다름이 없지 않은가? 그런데 아직 그 어떤 실마리도 잡지 못하고 있다는 게 말이 되느냐 말이다!"

생각할수록 흥분이 되는지 목소리 톤이 점점 격앙되고 말투도 격해져 가는 류즈펑이다.

"본국이 문호를 개방한 이후 무려 마흔다섯 명이 살해된 최대의 살인 사건이란 말이다! 그것도 역사 이래로 눈엣가시 같은 서방인이 관계되어 있다는 점이 주석님의 심기를 더 불편하게 하고 있다는 것을 잘 알지 않나!"

"……."

서방국가에 대한 중국 정부의 정서를 너무도 잘 알기에 할 말이 없는 쑨야오는 그저 묵묵히 입을 다물고 있을 뿐이었다.

"그래서 더 이상 시간을 끌 수가 없다는 생각에 제1중앙군사위 부주석께 부탁드렸다. 선양군구 산하의 제16집단군과 23집단군의 협조를 받기로 말이다."

"헛! 초, 총감독님!"

류즈펑의 폭탄 같은 선언에 쑨야오는 물론 참석한 면면들의 얼굴에 놀란 기색이 역력했다.

그도 그럴 것이 민간의 일에 군부가 참여하는 사건치고 제대로 해결된 일이 없는 데다 오히려 인민들의 생활만 더 불편해지는 일들이 줄을 이어 발생하기 때문이었다.

이는 아직까지 군부가 모든 일에서 '갑'의 입장에 서 있는 중국 정부의 정서 때문이다.

특히 군대가 동원되면 경찰이나 공안 들은 힘도 쓰지 못하고 뒷전으로 밀려 보조 역할을 할 수밖에 없다.

쑨야오가 대뜸 목소리를 높이고 나서는 것도 이 때문이다.

"총감독님, 공안과 경찰 인원만으로도 충분합니다만······."

"무슨 걱정을 하는지 알아. 하지만 어쩔 수 없다. 상부에서 빠른 시일 안에 종결하기를 원하기 때문이다. 두 개의 집단군이면 모두 6만 명이 동원된다. 주 역할은 공항, 항만, 여객과 화물 터미널의 봉쇄다."

"수사에 관여하지 않는다는 말씀입니까?"

"그렇다. 수사에 혼선을 주면 곤란하니 공안이 전적으로 맡는다."

"옙! 기대에 부응하도록 하겠습니다!"

"또 한 가지. 한국의 송은 어떻게 됐나?"

"그, 그것이······ 아예 사라졌는지 오리무중입니다만, 실마리를 찾은 것 같아 시간이 조금 더 필요합니다."

"왜지? 보고서에는 내용이 없었다."

"아, 회의가 있기 직전에 정보를 얻은 때문입니다."

"어떻게 된 건가?"

"몇 시간 전에 대련과 한국의 인천을 오가는 정기선인 대련호가 입항했습니다. 입항하자마자의 용의자로 의심되는 기관장인 판첸퉁을 붙잡았습니다."

"흠, 계속하게."

"판첸퉁을 용의자로 보는 이유는 이렇습니다. 처음엔 그의 처남인 청린이 진 도박 빚 약 50만 위안을 모두 갚았다는 데서 의심을 가지기 시작했습니다. 심문해 보니 매형인 판첸퉁이 준 돈이라고 했습니다."

"그래서?"

"지금 판첸퉁을 심문을 하고 있는 중이라……. 조금 전 보고에 의하면 판첸퉁이 북조선 탈북자 한 명을 한국에 밀입국시켰다고 실토했다는 보고가 있었습니다."

"뭐야? 서양인이 아니고?"

"예, 60대로 보이는 노인 한 명이었다고 했습니다."

"60대?"

고령이랄 수 있는 나이를 듣자 이마에 골이 깊이 파이는 류즈펑이다.

"옛! 판첸퉁의 말에 의하면 북조선에서 제법 비중 있는 인물이라 의뢰비로 8만 달러를 받았다고 합니다."

"의뢰자는? 잡았나?"

"아직…… 의뢰자는 30대 중반의 탈북 브로커였다고 합니다. 그래서 현재 인상착의를 물어 튀피안(몽타주)을 작성하는 중입니다."

"끙, 그놈의 탈북자들……. 혹시 변장했을 수도 있으니 다각도로 심문하라고 해."

"옙!"

"류찬 국장."

"옛!"

통통한 체구의 중년인이 자리에서 일어섰다. 제2국 국제정보국의 수장인 류창 국장이다.

"한국에서는 연락이 없나?"

"아직까지 없습니다."

"하긴 이달 말까지가 시한이니 그때까지 기다리고 있겠지. 한데 송이 사라졌다면 어떻게 나올 것 같나?"

"아직 시한이 있으니…… 그동안 송을 찾을 수 있다면 그것이 최선이겠습니다만, 찾지 못한다면 곤란해질 것을 각오해야 합니다. 그럴 경우 먼저 정보분석국을 거쳐야 할 것입니다."

"그렇군."

류즈펑의 시선이 햇빛을 보지 못한 듯한 창백한 인상에 인민복을 입고 있는 인물에게로 향하자, 그가 호명이 없음에도 자리에서 일어섰다.

후근처 소속의 정보분석국 국장 려양이었다.

즉, 류창이 국제담당이라면 려양은 국내 담당인 것이다.

"총감독님."

"말하게."

"한국이 첩보원들을 전원 철수한다는 조건으로 송의 인도를 원한다면, 본국은 곤란한 지경에 빠집니다."

"그야…… 북조선 때문이겠지."

"맞습니다. 한국 첩보원들에 의해 탈북자들이 기승을 부릴 것이 뻔하니 길길이 날뛸 것입니다. 혈맹국인 북조선이 그것을 좌시하고 있지 않을 게 불을 보듯 뻔한 것은 물론, 한국에 대한 본국의 경제적 이점도 상당히 사라질 것입니다."

"흠. 골치 아프군."

갑자기 머리가 지끈해 오는지 류즈펑이 엄지와 약지로 관자놀이를 눌러 댔다.

그도 그럴 것이 중국이 개방한 주된 이유가 외자도입으로 낙후된 지역의 경제를 활성화시키기 위함이기 때문이었다.

물론 전 지역이 경제적 낙후를 면하지 못하고 있기는 매한가지였지만, 북조선이 인접해 있는 선양지구는 달랐다.

왜냐면 선양지구의 경제발전은 북조선과 연계되어 있기 때문이다.

이는 중국과 북조선이 상호 간에 암암리에 협약을 맺은 일이 있어서다.

협약의 주요 골자는 선양지구의 경제발전에 북조선이 편승한다는 것이었다.

여기에 외국자본의 유입 순위는 1순위가 한국, 2순위가 일본이었다.

여기에 한 가지 덧붙이자면, 중국에서도 선양지구의 경제적 인프라가 가장 낙후되어 있다는 것도 한몫했다.

이는 다른 지역보다 자금이 많이 든다는 얘기나 마찬가지였다.

중국 시장에 각국이 앞을 다투어 진출하려는 것은 맞지만 투자 대비 수익이 저조하다면 망설일 수밖에 없다.

설사 진출을 한다고 해도 중국 정부에 공사 인허가를 비롯해 무역 요건이나 각종 세금에 관한 요구 사항 등이 많아지는 건 당연했다.

하지만 아직은 개방 초기라 각 지역의 정보가 적나라하게 노출되지 않은 상태여서 중국 정부 입맛대로 진출 지역을 선정할 수 있었다.

그 때문에 송수명을 볼모로 이미 진출해 있는 한국 첩보원들의 전원 철수를 요구한 것이다.

그런 정황은 류즈펑의 입에서도 나오고 있었다.

"한국 첩보원들이 주로 선양지구에 몰려 있긴 하지."

"그렇습니다. 선양지구에 대해 너무도 잘 알고 있다는 말이지요."

모두 북조선 때문임을 모르는 사람들은 없었다.

"정보국 생각은 어떤가?"

"그래서 제가 쨩성 주임을 참석케 한 것입니다."

쨩성은 국가안전부 정치부주임이다. 이로 보아 한국과 정치적으로 해결할 수도 있다는 얘기다.

"그래, 그랬지. 쨩성."

"옙!"

"정보국에서는 정치부의 협조가 필요할 것이라는데, 의견을 들은 적이 있는가?"

"일부 듣기는 했습니다만, 일단은 한국 측의 연락이 있어야 뭐든 할 수 있을 것입니다."

"그렇군. 아무튼 한국 측은 아직 시간이 있으니…… 려양!"

"옛! 총감독님."

"정보분석국이 제8국을 도와주도록."

"알겠습니다."

"류창, 한국에 심어 둔 비선망원에게서 보고가 없었나?"

"차장급 세 사람만 연일 밀실 회의를 하고 있다고 합니다. 하지만 뾰족한 수가 없는지 분위기가 무겁다고 전해 왔습니다."

"그것뿐인가?"

"예? 또 뭘……?"

"이번 살해 사건에 대해서는 말이 없었느냔 말이다."

"관계가 없는지, 아니면 모르고 있는지 그런 말은 입 밖에도 내지 않았습니다."

"혹시 모르니까 그 문제를 꼬집어서 물어보도록 해. 송의 사건처럼 말이다. 더군다나 당사국이잖아?"

"옛! 알아보겠습니다."

"그리고 이번에 수백 명의 대공 요원들이 잘렸다고 하니 갈 곳이 없는 그들을 상대로 비선망원들을 더 확보하도록 해. 자금은 충분히 지원해 줄 테니까."

"알겠습니다."

"쑨야오, 다음 회의는 언제쯤이면 좋겠나?"

"한국 측에서 연락이 오는 그날로 하겠습니다."

"좋아, 이틀 남았군."

"총감독님, 한 가지 빠진 게 있는 것 같습니다."

"마오시양 국장, 할 말이 있으면 하게."

마오시양의 직책이 국가안전부 국장 중 선임인 1국 국장이라 '하게'체로 대우를 해 주는 류즈펑이다.

"한국 측에서 시한을 연기해 달라고 할 수도 있지 않겠습니까?"

"흠, 그럴 수도 있겠군."

미처 그 점을 생각지 못했는지 고개를 끄덕인 류즈펑이 류창을 쳐다보았다.

"류창, 그런 요구가 있을 때를 대비해 준비한 게 있나?"

"원래는 없었습니다. 무조건 윽박지르는 수순이었으니까요. 하지만 지금 같은 경우에는…….”

"하고 싶은 말이 있으면 해 봐."

"고민하는 척하면서 시간을 끌어 보는 것도 한 방법일 것 같습니다."

"그렇군. 어차피 본국이 만만디로 유명하니 다른 생각은 하지 않을 테지. 그렇게 해."

"옙!"

"오늘은 이만 끝내지."

"넵! 수고하셨습니다."

오전이 거의 지날 무렵이다.

파이낸싱스타 사무실에 들렀다가 건물을 빠져나오던 토미의 입이 사납게 비틀렸다.

"젠장, 사무실 직원들도 모른다고 하니 대체 어딜 간 거야?"

"이봐, 이제 겨우 하루가 지났을 뿐이라고. 발 달린 짐승이 어딘들 못 가겠나?"

"그래, 체프먼이 어디서 뭘 하건 나도 관심은 없어. 단지 우리가 그 녀석을 행방을 놓쳤다는 게 문제라고."

"헐, 그리고 보니 우리가 놓친 게 한두 명이 아니로군그래."

"그것 보라고. 타일러도 그렇고 스캇과 케이힐도 놓쳤어. 그런데 이제는 멀쩡한 사무실을 두고 있는 체프먼 일행도 놓쳤다고. 이게 말이 돼?"

"뭐, 좀 거시하긴 한데 우리더러 밀착 감시하라고 한 적도 없는 자들이잖아?"

"그래도 왠지 예감이 싸하네."

"신경과민이야. 그럴 때는 배를 든든히 채우는 게 특효약이라고."

"어? 그러고 보니 하는 일도 없이 점심 식사 때가 됐네."

"오늘은 뭘 먹을까?"

"토미, 자네가 좋아하는 한국 음식 있잖아?"

"넌 싫어하잖아?"

"나도 김치는 좋아해."

"어, 그래? 그럼 김치찌개 먹을까?"

"조오치."

"좋아. 내가 자주 가는 곳이 있으니 따라오라고."

"멀어?"

"그렇지 않아."

"차는?"

"두고 가도 돼. 요 앞 골목만 돌아가면 돼."

두 사람은 빠른 걸음으로 허기를 때울 식당으로 향했다.

그런데 대로변에서 이면 도로 코너를 돌기 직전, 갑자기 주변이 시끌시끌해졌다.

코너의 가전제품 상가 앞에 행인들이 하나둘 몰려들기 시작하면서 시끄러워진 것이다.

"어? 왜들 저러지?"

"무슨 이슈가 생긴 모양이지."

"북쪽 애들이 또 장난친 건가?"

"하! 그놈들은 전쟁할 마음도 없으면서 엄청 깔짝대는군."

"하핫, 지도부란 놈들이 떵떵거리며 잘 먹고 잘 사는데 전쟁을 일으켜서 죽을 일이 있어?"

"코리안들도 그걸 아니까 놈들이 아무리 찧고 까불어도 무덤덤한 거지."

"그렇다면 그 문제는 아닌 것 같고…… 뭔 일인지 살짝 보고 갈까?"

"그러지 뭐. 우리도 코리아에 근무하는 한 사정을 어느 정도 알 필요가 있으니까."

한국 사람들보다 키가 큰 두 사람은 굳이 앞으로 나서지 않아도 대형 화면에 나오는 장면을 볼 수 있었다.

"교통사고네."

"캠핑카가 절벽에 떨어진 사고로군."

"토미, 글을 알면 자막에 나오는 내용이 뭔지 알려 줘."

"아니, 몇 글자밖에 몰라. 말은 조금 하지만……."

"그럼 식사나 하러 가자고."

"그러자고."

두 사람이 자리를 떠날 때, 휴대폰에서 신호음이 울렸다.

따르르. 따르르르……

"어! 뭐야?"

"그랙, 네 전화야."

"엉? 전화 올 곳이 없는데."

상의 주머니를 뒤진 그랙이 액정을 보더니 입술을 삐죽였다.

"지부장님 전화야."

토미에게 올 전화가 왜 자신에게 왔냐는 듯한 의문을 띤 그랙이 전화를 받았다.

"젠장 할. 꼭 식사하려고 할 때 전화질이란 말이지."

"크크큭, 그러게. 지부장님, 그랙입니다."

－토미는 왜 전화를 안 받아?

"예? 옆에 있는데요?"

영문을 모르겠다는 듯 토미를 쳐다보자, 토미가 자신의 휴대폰을 꺼내 살피더니 곧 인상을 구겼다.

"얼라? 전원이 꺼져 있네."

"지부장님, 배터리가 다됐답니다."

－바꿔!

"옙!"

그랙이 불에 덴 것처럼 휴대폰을 얼른 건네주었다.

"토미입니다."

－토미, 지금 어디야?

"파이낸싱스타 사무실 앞입니다."

–당장 철라도로 내려가!

"예? 철라도로 가라고요?"

–그래, 남온의료원으로 가란 말이다.

"아니, 지부장님, 난데없이 무슨 말입니까?"

–나도 아직 확실한 건 몰라. 방금 총영사관에서 온 연락을 받았으니까.

"총영사관요?"

–그래, 지금 부산영사관에서 영사가 직접 남온으로 가는 중이라니까 아무래도 우리 미국인이 관련된 일인 것 같다.

"어떤 종류의 사곱니까?"

–아직은 교통사고라는 것밖에 모르지만 갈 길이 멀어서 미리 연락하는 거다.

"신원 파악은 된 겁니까?"

–그것도 아직……. 총영사관에서도 남온경찰서에서 통보를 받았다고 해. 다시 연락한다고 했으니 곧 알 수 있겠지.

"그런데 영사나 영사관 직원만 가도 충분한데 우리까지 갈 필요가 있습니까?"

–총영사관에서 요구한 거야. 아, 잠시 기다려 봐.

잠시 통화가 지체됐다.

"무슨 일이래?"

"철라도 남온으로 가란다."

"오늘?"

"응, 당장."

"하여튼 지부장님은 꼭 식사 시간에 맞춰서 그런 일을 시키더라."

"누가 아니래?"

"거기 멀어?"

"나도 몰라. 뭐, 좁은 땅덩이에서 멀면 얼마나 멀겠어. 멀다고 해도 고작해야 서너 시간 정도 걸리겠지. 아, 지부장님."

애덤의 음성이 들렸는지 토미가 눈을 좁혔다.

─젠장 할.

"지부장님, 왜요?"

─신원이 밝혀졌는데…… 그 전에 하나 물어보자. 파이낸싱스타 사무실에서 체프먼을 보고 나왔냐?

"아뇨, 세 명 다 없어졌어요. 어딜 간다는 말도 없었는지 직원들이 모르고 있었습니다."

─빌어먹을, 역시나로군. 총영사관에서 팩스가 왔는데, 치리산에서 교통사고가 있었단다.

"에? 그, 그거 혹시……?"

치리산이란 말에 화들짝 놀란 토미가 퍼뜩 뭔가 떠올랐는지 아직도 행인들이 몰려 있는 가전 매장을 힐끗 쳐다보고는 그랙을 바라보았다.

눈을 동그랗게 뜬 그랙이 '왜?'라는 눈빛을 보낼 때, 애덤이 물어 왔다.

　-왜? 뭐 아는 거 있어?

　"지부장님, 그거…… 캠핑카 사고를 말하는 거 아닙니까?"

　흥분이 섞인 토미의 목소리가 커졌다.

　-어? 어떻게 알았어?

　"이런 젠장! 지금 TV에 핫뉴스로 나오고 있는 중이거든요."

　-뭐? 그럼 확실하다는 거잖아!

　"캠핑카라면 체프먼 일행일 확률이 큽니다. 세 명이죠?"

　-아니, 네 명이다. 티몰 재콥이란 이름까지.

　"아, 아. 밑에 심부름 하던 똘마니가 한 명 있었는데, 걔 이름이 잭이었습니다. 근데 전부 중상입니까?"

　-아니. 네 명 전부…… 그 자리에서 사망했다고 해.

　"헛! 화, 확실합니까?"

　-떠그랄! 골치 아프게 됐다.

　"마, 맙소사!"

　-그래서 대구 지부의 헨리 팀장을 이번 일에 투입시킬 작정이다.

　"우리는요?"

　-직접 보고 와야 내가 확실히 알 것 아니냐? 그래야 최선의 방어를 할 것 아니냐고.

몸보신할 변명거리를 만들어야 한다는 얘기.

"하긴 일은 이미 벌어졌으니……."

—가거든 자세히 알아 가지고 와. 헨리에게는 내가 직접 전화 넣지.

"아무튼 체프먼 회장이 길길이 날뛰겠군요."

토미는 그제야 부산 주재 영사가 직접 현장으로 가는 것이 이해가 됐다.

—그건 나중 일이고 일단 출발부터 해.

"아, 알겠습니다. 그런데 남온이 어디에 있는 겁니까?"

—낸들 알겠냐? 철라도 어디쯤이겠지. 철자와 주소를 메시지에 전송해 놓을 테니까 빨리 출발하기나 해.

"알겠습니다. 내비에 찍고 갈 수 있게 빨리 보내 주십시오."

—그래, 새로운 내용이 들어오는 대로 수시로 알려 주도록 하지.

"알겠습니다. 지금 출발하지요."

탁.

통화를 끝내자마자 토미가 거의 뛰듯이 오던 길을 되돌아 갔다.

"어? 야! 어딜 가?"

"그랙, 방금 TV에서 본 교통사고 때문이니 빨리 와!"

"그게 뭐? 우리랑 무슨 상관이 있는데?"

"상관이 있어. 빨리 차로 가야 돼!"

"염병. 토미, 말을 똑바로 하지 못해!"

"지부장이 캠핑카 사고가 체프먼 일행이라고 했어."

"뭐, 뭐라고? 그 말…… 진짜야?"

"그렇다니까."

"하! 그, 그놈들이 거길 왜 가?"

"난들 알아."

"죽었대?"

"응, 네 명 다 전원 사망."

"닝기리……."

"뭐, 어쩌겠어. 골치 아프게 되긴 했지만 우리야 쫄따구들인데 뭔 일이 있겠어? 더군다나 우리 일과는 상관도 없고 말이야."

"우린 그렇지만 애덤은 그렇지가 않아. 지부장이면 정치를 잘해야 하거든."

"젠장, 그럼 우리가 가는 이유가 변명거리 만들기 위해서란 말이야?"

"모른 척해."

"아쒸, 햄버거라도 사 가지고 가는 건 어때? 배 안 고파?"

"가다가 휴게소에 들러서 간단하게 때우자고."

"제길."

BINDER
BOOK

50퍼센트의 몫

양재동 안가.

지리산의 캠핑 차량 낙상 사고로 시끌시끌한 와중에 담용은 예의 안가에서 치료를 받고 있었다.

지금은 안가의 담당 의사가 열심히 테이핑을 하고 있는 중이었고, 이를 최형만과 송수명이 지켜보고 있었다.

테이핑 양이 적지 않은 만큼 침상에 기대 있는 담용의 몰골은 그에 비례해 말이 아니었다.

그야말로 엉망진창.

아이러니하게도 몸뚱이는 엉망인데 비해 얼굴은 멀쩡했다.

하지만 상반신과 오른쪽 하반신이 퉁퉁 부어올라 있어 인간 같지 않은 해괴한 기형 인간의 형상이다.

상반신의 부상은 캠핑카와 직접 부딪친 결과였고, 오른쪽 다리는 역량 이상의 진각을 밟았던 탓이었다.

마치 죽음 직전에 살아난 중환자나 다름없는 몰골이라고 해도 과언은 아닌 상태다.

테이핑을 할 때마다 통증을 느낀 담용이 인상을 있는 대로 구겼다.

'젠장. 이 짓거리는 이제 그만둬야겠어.'

사실 죽을 뻔했다.

이건 담용만이 가진 위험의 척도로 느낀 것이다.

새삼 생각해 보니 목숨을 걸어 놓은 외줄 타기를 하는 기분이라 국정원에 정나미가 떨어졌다.

홍콩에 다녀왔을 때도 그랬고, 이번에 중국을 다녀왔을 때도 그랬다.

물론 담용 자신에게 특별한 능력이 있어 적진 혹은 위험지역에 임무를 부여하는 것을 알지만, 자칫 방심하는 순간 한낱 이슬로 사라질 수도 있는 간당간당한 목숨이다.

이런 평화의 시기에 그런 짓거리는 단연코 'NO'다.

'다른 할 일도 많은데…….'

애국심이 없어서가 아니다.

국정원 요원들만 애국하는 것은 아니지 않은가?

자신이 맡은 자리에서 자신의 할 일을 하는 모든 사람들이 애국자인 것이다.

'몸을 회복하는 대로 야쿠자들의 자금을 탈취하는 데 전력을 기울여야겠어.'

담용은 그 자금으로 반드시 해야만 하는 일이 있었다.

'야쿠자들의 자금을 탈취하는 것만으로는 한계가 있어.'

아직은 마음으로만 굳히고 있는 계획이었지만 이제는 구체적으로 실행에 옮길 프로젝트를 짜야 하고, 유능한 인재들도 영입해야 할 때였다.

국정원 요원 이상으로 애국하는 일이라 더 늦출 수도 없다.

시작하는 시점도 지금이 딱 적당했다.

'금융 전문가가 필요한데…….'

유 부장, 즉 유장수가 금융에 해박하다지만 역량이 모자랄 것 같아 말을 내비치지 않았다.

'역시 이것도 마 회장님에게 부탁해야 하나?'

부동산 재벌에다 연륜도 깊은 만큼 인맥이 상당한 사람이다.

기실 외투사들의 전횡에 찬물을 끼얹는 결정적인 원동력 역할을 한 사람이라면 마해천 회장을 빼놓을 수 없다.

그 덕분에 여기까지 왔다고 해도 과언은 아니었다.

뭐, 사람을 죽이는 일까지 서슴지 않게 된 것 또한 본의 아니게 일조를 하게 됐다지만, 그건 오롯이 담용이 전적으로 결정하고 판단한 탓이었다.

서걱.

테이핑이 끝났는지 담당 의사가 가위로 잘랐다.

그렇게 3차장인 최형만과 송수명이 지켜보는 가운데 담당 의사가 마지막 마무리 테이프를 붙이는 것을 끝으로 1차 치료가 끝났다.

치료를 끝내고 보니 본래의 체격보다 한층 벌크업이 된 것 같은 착각이 드는 덩치의 모습이다.

이어서 한 방, 두 방. 세 방.

주사를 세 번씩이나 놓은 의사가 말했다.

"일단 움직이지 않는 것이 우선이라 급한 대로 약간의 롤링이 가능한 플라스틱 캐스터로 고정시켜 놨어요. 붓기가 빠지게 되면 깁스를 하도록 하겠습니다. 그때부터 본격적인 치료가 될 것이니, 너무 무리한 움직임은 자제하시기 바랍니다."

"가능하면 빨리 좀 낫게 해 주십시오."

"허허헛, 완쾌되려면 빨라도 6개월은 족히 걸릴 것이니 조급한 마음은 버리십시오."

"그러지요. 수고하셨습니다."

입을 나불거리는 데는 지장이 없는지 천연덕스럽게 담당 의사에게 예를 표한 담용이 최형만을 보고 싱긋 웃어 주었다.

"헐, 지금 웃음이 나오는가?"

"하핫, 그럼 울어야 합니까?"

"이런, 이런. 지금 나는 몸을 왜 함부로 굴렸느냐고 야단치는 걸세."

"뭐, 야단맞을 짓을 했으면 야단맞아야죠. 아직 햇병아리 잖습니까?"

"허어, 천하태평일세."

"하하핫, 제 장점이 바로 그겁니…… 윽!"

대범하게 보이려고 호탕하게 웃어 젖히다가 이내 고통으로 우거지상이 되면서 허리를 접는 담용이다.

"어허. 괘, 괜찮은가?"

담용의 모습에 움찔한 최형만이 우려를 나타냈지만 담용은 여전히 씨익 웃더니 송수명을 보고 알은체를 했다.

"몸은 좀 회복이 됐습니까?"

"아, 더, 덕분에……."

최형만이 정식으로 소개를 하기도 전에 기습적인 물음에 송수명이 당황해했다.

"하하핫핫…… 으으…… 말을 편하게 하시지요. 정식으로 인사드리지요, 육담용입니다."

"쯧쯔…… 뭐가 바쁘다고……."

"성이 천씨가 아니었소?"

짐작은 했지만 확인차 물어보는 것이다.

"그러게 말입니다. 노친네들이 남의 성과 이름을 하도 자주 바꿔 놔서 저도 제 성과 이름을 잊을 버릴 지경입니다."

"하하하핫, 원래 심부름꾼들의 운명이 그런 걸세. 죽을 날이 얼마 남지 않은 고약한 노친네들이 젊은 애들을 사지로 몰아넣는 게 취미가 된 지 오랜데, 자네는 그걸 몰랐군 그래."

"어? 정말요?"

"정말이고말고."

탁탁.

믿으라는 듯 자신이 가슴을 친 송수명이 눈을 찡긋하며 말을 이었다.

"여기 그 본보기 있지 않은가?"

"그 말을 듣고 보니 그런 것 같네요. 쳇! 이제부터는 노친네들의 사탕발림에 절대로 안 넘어갈 겁니다."

대답은 그렇게 하지만 이미 결심한 바가 있는 담용이었다.

"글쎄, 그게 마음대로 될지 모르겠군. 노친네들이 워낙 능구렁이들이라서 또 뭘로 꼬일지 알 수가 없거든."

"하긴 늙은 생강이 엄청 맵긴 하지요."

"맵기만 한가? 묵은 냄새까지 지독하지."

"예끼, 이 사람들아! 시방 뭔 소리들을 하고 있는 겐가?"

"하하하핫."

"크크크큭."

담용과 송수명의 농지거리에 발끈한 최형만이 필요 이상으로 쌍심지를 켜면서 두 사람을 째려보는 시늉을 하자, 실내의 분위기가 180도로 달라졌다.

서로가 함께 사선을 넘어온 덕인지 담용과 송수명의 사이는 별도의 소개가 없었어도 어색함은 이미 사라져 있었다.

편히 대하기 어려운 최형만도 노친네니 어쩌니 하며 농을 하는 두 사람과 합이 되어 어울릴 줄을 아는 사람이라 분위기는 좋았다.

이렇듯 직장 상사란 아량이 넓고 간섭이 없어야 한다.

거기에 일의 가닥을 잡아 가는 출중한 능력을 겸비해야 하며, 더하여 아랫사람과 스스럼없이 어울리는 것은 물론 욕심을 접고 이익을 분배할 줄 알아야 대접을 받는다.

국정원 역시 일반 직장이나 매한가지라 최형만이 그런 상사들의 매뉴얼이나 다름없는 일을 모를 턱이 없다.

담용은 최형만 같은 상사와 척을 질 말을 하는 것이 조금 껄끄럽긴 했지만 결심을 굳힌 바였다.

"객쩍은 소리 말고 대체 어떻게 된 건지 말해 보게."

"아참! 놈들은 어떻게 됐습니까?"

"어떻게 되긴, 저기 위로 올라갔지."

최형만이 검지로 허공을 가리키고는 말을 이었다.

"캠핑카가 낭떠러지로 떨어져서 네 명 모두 즉사했네. 남원경찰서의 말에 의하면 낙상에 의한 사고라지만, 의문이 없지는 않다고 하더군."

"그래서요?"

"입에 자크를 채우라고 했네. 연락을 받자마자 현장에 의심이 들 만한 것들은 놈들이 오기 전에 슬쩍 치워 버리라고 했지. 자세히는 몰라도 자네 몸을 보니 그 의문이 짐작 가고도 남는군그래."

"어떤 의문이 든다고 하던가요?"

"내리막길이라고는 하지만 속도를 낸 것 같지가 않다더군. 스키드 마크가 길게 보이지 않았으니 말이네. 급브레이크를 길게 밟지 않았다는 얘기지. 비도 오지 않아 미끄러졌다고도 볼 수 없고 운행에 방해된 차량도 없으니, 일말의 의구심이 드는 건 당연하지 않겠나?"

"으음, 그렇게 표시가 많이 난답니까?"

"누가 봐도 미끄러진 사고로 보기엔 무리가 있으니까."

"하면 문제가 될 수도 있겠다는 말씀이시군요."

"아마도."

"그렇다고 딱히 누구를 의심하거나 할 사안도 아니지 않습니까?"

"그렇긴 한데, 단순한 사고로 보는 게 아니었는지 미국 영사와 CIA 대구 지부 팀장이 계속 현장을 조사하고 있는 중이라네."

"역시 돈의 힘이겠지요?"

"뭐, 자국민의 사고이니 당연히 해야 할 일이겠지만, 파이낸싱스타의 입김이 없었다고는 볼 수 없겠지. 지금쯤 CIA 지부장 애덤이 청와대에서 조동하 민정수석을 만나고 있는 것도 그런 연상선일 테고."

"예? CIA 지부장이 민정수석을 만나고 있다고요?"

"그러네."

"하!"

담용도 대충은 안다. 대한민국의 민정수석이란 직책이 막강한 자리라는 것을.

국정원, 검찰, 경찰 심지어는 국가의 모든 정보기관과 사정 기관을 총괄하는 총사령관이나 마찬가지다.

차관급이라지만 장관 위에서 노는 자리라는 것은 비밀도 아니다.

·대통령의 최측근이어서다.

그뿐인가?

수사 기획에서부터 가이드라인을 짜는 것은 물론 수사에 대한 보고 및 지시까지 한다는 내밀한 소문도 무성하다.

'젠장 할……'

이건 만만하게 보고 넘길 일이 아니었다. 그래서 더 궁금했다.

"민정수석은 어떤 인물입니까?"

"전형적인 친미파 인물이라 할 수 있지. 버클리 대학 출신이니 말일세."

그 말에 담용의 안색이 흐려졌다.

염병할 일이고 담용으로서는 최악인 셈이다.

하필이면 친미파라니……

대표적인 친미파인 민정수석이 나선다면 미국의 초능력자들이 활개를 칠 수도 있다.

그렇게 되면 안심하고 있기에는 한참 이르다.

"회사에서는 자네가 놈들을 처치한 것에 대해 나무랄 생각이 추호도 없네. 자네를 해하려고 한 놈들이니, 오히려 박수를 칠 일이지."

당연한 말이다.

"민정수석이 나선다면 곧 회사에도 그 여파가 미칠 걸세. 그래서 묻는 말이네만…… 어떻게 처리한 건가? 나로서는 짐작하기도 어려워서 말이야."

"짐작하고 말고도 없습니다. 제 몸이 이렇다시피 캠핑카를 몸빵으로 해결했으니까요."

"뭐, 뭐라? 박치기를 했다고?"

"참 나, 제가 몸빵이라고 했지 박치기라고 했습니까?"

"몸빵? 그게 무슨 말이지?"

"맨몸으로 부딪쳤다고요."

"헐! 그걸 나더러 믿으란 소린가?"

"진실을 얘기해도 못 믿으면 할 수 없지요."

의심의 눈초리를 받은 담용이 심드렁한 표정을 짓자, 최형만이 혹시 참말인가 싶은 기색을 띠었지만 곧 도리질을 했다.

'아무리 초능력자라도 그건 무리지.'

캠핑카와 인간 몸뚱이의 충돌.

누가 들어도 말이 되질 않는 조합이다.

하지만 담용의 말을 듣는 것 외에는 이해할 길이 없어 다시 물었다.

"참말인가?"

OP요원이자 제로벡터이기도 한 신분이라 신문 투나 엄중한 말투로 되묻기가 어려워 어조가 부드럽다.

"예."

짤막한 대답이었지만 담용의 대답은 진지했다.

"거참, 내게는 웬 귀신 입김 쐰 소리로 들리는 것 같아서원⋯⋯."

"뭐, 그동안 저도 모르게 능력이 업이 됐더군요."

"호오! 그래?"

뭔 소리를 하든지 이건 듣던 중 반가운 소리라 최형만이 반색했다.

초능력자의 능력이 업이 됐다면 대한민국의 전력이 상승한 것이나 마찬가지였기 때문이다.

"예. 그래서 이참에 휴가를 좀 얻었으면 합니다."

이제는 속에 담아 둔 생각을 저지를 차례.

뭐, 안 들어주면 사표를 낼 생각이다.

이거 그냥 먹은 마음이 아니다. 수련에 박차를 가함과 동시에 묵혀 두었던 일을 실행하면 담용으로서는 금상첨화다.

강력한 사퇴 의사보다는 휴가라는 온화한 표현을 쓴 것은 국정원과 척을 지어서 이로울 게 없어서였다.

그게 통하지 않는다면 강력하게 나가면 된다.

이는 담용이 은근한 '갑'이어서 가능한 일이다.

'끄응.'

잘 나가다가 휴가란 말이 나오자 속으로 앓는 소리를 내뱉는 최형만이다.

왜 그 말이 안 나오나 했다. 아니, 언제쯤 그 말이 나올까 싶어 조마조마하던 참이었는데 기어코 듣고 말았다.

'어떤 말을 해 줘야 할지…….'

고민이 되지 않을 수 없다.

국정원 내부에서는 '휴가를 줄 수 없다.'라고 결정이 났기 때문이었다.

오늘 방문한 것은 당연히 병문안이 우선이다. 그러나 앞으로 할 일만큼이나 할 말이 많아서이기도 했다.

송수명을 대동한 것도 이유가 있었다. 그것도 무척 중대하고도 은밀한 이유가.

"어쨌든 사달은 벌어졌네. 그리고 저들이 조사를 한다고 해도 눈치채지 못할 정도로 감쪽같이 해치웠다면 문제 될 것도 없고. 그 점은 자신하는가?"

"눈치를 챌 만한 증거를 찾지는 못할 겁니다. 제가 장담하지요. 다만 미국 측에서……."

담용이 말을 잠시 멈추고 송수명을 쳐다보고는 최형만에게 은근한 시선을 보냈다.

송수명이 무슨 말을 해도 믿을 수 있는 사람이냐고 묻는 것이다.

담당 의사는 벌써 나가고 없으니 신경 쓰지 않아도 됐다.

"괜찮네, 그렇지 않아도 송 국장과 자네를 한 팀으로 묶을 생각으로 같이 대동해서 방문한 것이니까. 그 얘긴 이따가 말해 줄 테니 계속해 보게."

'뭔 소리래?'

또다시 엮일 것 같은 불안감이 엄습했지만 그건 나중의 일이다.

"미국 측에서 초능력자들을 대거 출동시킨다면 장담하기 어려울 수도 있다는 뜻입니다."

"사고 수습 과정에서 최대한 흔적을 없애도 말인가?"

"CIA가 나섰다면 아마 현장을 그대로 보관해 놓으려고 할 겁니다. 그들이 올 때까지요. CIA 지부장 정도의 직책이라면 초능력자들의 존재를 알고 있을 테니 말입니다."

"으음, 거기까지는 생각하지 못했군."

하기야 수사권을 경찰이 쥐고 있으니 국정원에서 간섭할 일이 별로 없긴 했다.

눈에 띤 흔적만 슬쩍슬쩍 지워 달라는 언질을 줬을 뿐 적극적으로 나서기는 어려웠다.

"하핫. 어차피 벌어진 일이 주워 담을 수 없다면 미래의 일을 굳이 앞당겨서 걱정할 필요는 없겠지요."

"옳은 말이야."

"아무튼 그 점은 그때 가서 문제가 되면 다시 생각해 보도록 하죠. 너무 걱정하지 마십시오. 근데 저를 송 국장님과 한 팀으로 묶겠다는 말은 무슨 뜻이지요?"

"원인은 버그 때문일세."

"에? 버, 버그요?"

"그러네."

"도청을 말하는 건 아닐 테고……."

잠시 염두를 굴리던 담용이 말했다.

"결국 스파이가 있다는 말씀이시군요."

"유감이긴 하지만 그렇게 결론을 내렸다네."

"……."

담용은 할 말이 없었다.

국정원 내에 스파이가 암약하고 있다니, 더 무슨 말을 할까?

정보 계통에서의 버그란 말은 흔히 도청을 의미하는 은어로 통했다.

딱히 고착화된 용어도 아니라서 사안에 따라 스파이 혹은 다른 의미로 사용되기도 했다.

'빌어먹을. 노련한 베테랑 요원들을 모두 잘라 버렸으 니…….'

그 대신 특채로 요원이 된 자들이 그 자리를 메꾸었다.

이는 일반적인 훈련은커녕 제대로 된 대공 교육을 받지 못 했다는 얘기와 일맥상통했다.

그렇다 보니 전문성도 떨어지고 분위기가 방만해지는 것 은 당연했다.

거기에 돈의 유혹까지 따른다면!

투철한 애국심이 있을 턱이 없으니 정보 하나 슬쩍 흘리는 것은 일도 아니다.

시쳇말로 표현하면 '나 혼자 나라 지키나?'란 말을 핑계거 리로 삼게 된다.

'이거…… 문제네.'

그것도 상당히 심각한 문제였다.

사실 미래의 일이긴 하지만 빨갱이들을 잡는 대공 요원들 이 대거 쫓겨나다 보니 정계나 사회 곳곳에서 빨간색 놈들 이 활개를 쳐 대고 목소리를 높이게 된 시점이 바로 지금이 었다.

기억 저편에서 삶이 지지리 궁상이었던 탓에 깊이 관여하지 않았다고 해도 언론 매체를 통해 그 결과물을 받아 들었던 터였다.

물론 사후 약방문 격이었지만 말이다.

"송 국장님의 일은 보고가 되지 않았습니까?"

"원래대로라면 매뉴얼대로 해야 하겠지만, 중국에 송 국장이 노출됐다는 점은 엄중한 문제라 여기고 있네."

"버그가 유출했다는 뜻이군요."

"그 외에는 달리 생각할 게 없지. 그래서 윗선에 보고하는 것만이 능사가 아니라고 의견을 모았네."

"사장님이 결정한 겁니까?"

절레절레.

"나를 비롯한 두 분 차장일세."

국정원 원장을 배제시켰다는 뜻.

이 역시 이해할 만한다.

사실 대한민국에 파리 목숨이 아닌 장관들이 있을까?

대통령직에 앉을 때까지 수고해 준 사람들에게 골고루 혜택을 줘야 하니 보장된 임기를 채우는 장차관들이 거의 없다.

그랬기에 주관을 가지고 장기 계획을 세워 추진하는 정책이 있을 수가 없는 것이다.

이런 사정이니 비밀로 할 수밖에.

"……!"

"송 국장이 입국한 사실을 상부에 보고하지 않기로 했네. 아니, 할 수가 없었네."

말인즉 사람은 있으나 기록에는 존재하지 않는 요원이란 뜻.

"그래도 같이 행동하셨다면 누구에겐가 노출됐을 것 아닙니까?"

상부에서 알게 되는 건 시간문제라는 뜻.

"나와 두 분 차장 그리고 차민수 과장 외에는 아무도 모르네. 움직이는 것조차 은밀했으니 그 점은 걱정하지 않아도 되네."

"아!"

송수명이 입항할 때, 차민수 과장이 직접 마중을 했다는 얘기다.

"설마 저와 송 국장님 달랑 둘이서 팀이 되란 말씀은 아니시겠지요?"

일단 들어나 보자고 묻는 말이다.

"그럴 리가!"

"그러시다면 제가 팀원들을 뽑는 데 관여해도 됩니까?"

"흠, 브라보팀이겠지?"

이미 예상했다는 듯 금세 말이 나왔다.

브라보팀은 정광수와 그 팀원들을 말했다.

"안 됩니까?"

"그건 곤란하네."

"왜죠?"

"그들은 이미 노출된 요원들이라는 것이 그 이유일세."

"하면 국정원에 노출되지 않은 요원들이 있다는 말입니까?"

"필요하면 언제든 만들 수 있네."

뭐, 그 정도쯤은 가능해야 국정원답다고 할 수 있겠지.

"브라보팀과는 손발이 잘 맞는 편입니다만……."

"아, 아. 그들과는 언제든 같이 움직여도 되니 개의치 말게. 임무가 전혀 다르니까."

"북한의 일을 전문으로 하겠지요?"

송수명이 북한 전문 공작원이었으니 단박에 짐작할 수 있어 꾸물거릴 것도 없었다.

"그러네. 그래서 말인데……."

'으이구, 이 노친네가 말을 어물거릴 때도 있네.'

신기한 일이었다.

인연이 되기 전에는 쳐다보지도 못할 신분인 최형만이 아니던가?

'아! 내 몰골 때문인가?'

중상을 입은 사람에게 또다시 뭔가를 부탁, 아니 지시하기에는 때가 아닌 건 맞다.

"매도 먼저 맞는 게 낫지요."

무슨 말이든 해 보라는 얘기.

"허허헛, 그렇지?"

"그럼요."

"골자는 간단하네. 이미 '치우'라는 팀명을 정했고, 인원은 총 다섯 명이네. 그런데 문제는 회사에서 그 어떤 지원도 해 줄 수 없다는 것일세."

"예? 그게 무슨 말입니까?"

뭔 이런 황당한 경우가 다 있나?

먹는 것, 움직이는 것, 비품이나 소품 하나까지 돈이 들지 않는 일이 없는데, 지원이 안 되다니!

"말 그대로인데 못 알아들은 건 아니겠지?"

"아, 아니, 그게……."

못 알아듣긴 왜 못 알아들어? 머리가 너무 잘 돌아서 어처구니가 없다는 거지.

'이런 썩을…….'

말인즉 이렇다. 특수 비밀 작전 팀이 필요한데, 상부에서는 알면서도 공식적으로는 등록되지 않을 것이란 뜻이다.

그것도 일부 고위직만 알고 운영하는 조직이다.

조직을 운영하려면 자금이 필요한 건 당연한 일. 그래서 표시가 확 날 수밖에 없는 자금을 지원해 주지 못한다는 얘기다.

이 말은 곧 알아서 살림을 꾸려 나가란 뜻.

더 기가 막힌 점은 임무를 수행하다가 죽어도 비석에 별조차 기록되지 못하는 요원이라는 의미다.

'씨이…… 좆 됐네. 이런 걸 바란 게 아닌데…….'

기분이 썩 좋지 않아 뒤틀리는 입꼬리에 불만이 가득한 담용이다.

그리고 또 하나의 우려.

'설마…… 나더러 자금을 내놓으라는 얘기는 아니겠지?'

어째 불안하다. 사표를 던질 이유가 하나 더 생겼다.

"자금은 말일세."

"……?"

"자체 조달로 해결해야 하네."

'헐, 강조까지 해?'

이미 짐작하게 해 놓고 확인 사살하듯 던지는 말에 담용이 욱했다.

"자, 자체 조달이라니요? 너무 일방적으로 내모는 것 같지 않습니까?"

그러면서 송수명을 쳐다보니 무슨 생각을 하는지 표정에 변화가 없다.

'제엔장, 이미 알고 있는 내용이란 거네.'

"흠흠, 그런 면이 없지 않네."

'호! 그래?'

기회다 싶었던 담용이 마음을 굳혔다.

"거기에 저는 빼 주십시오."

"엉?"

"딱 봐도 순탄치 않은 데다 영양가도 없어 보이는데, 거길 제가 왜 참여합니까? 저 안 할랍니다."

"헐! 더 들어 보지 그러나?"

"됐습니다."

"후회할 텐데……."

'에? 후, 후회할 거라고?'

이 영감이 후회라는 말을 입에 담았다는 건 뭔가 있다는 소리다.

미간을 좁힌 담용이 슬쩍 물었다.

"자꾸 간만 보지 말고 빨리 보따리를 풀어 놓으시죠. 저라고 마냥 회사의 화수분 역할을 할 수 있다는 보장이 없으니까요."

"그러지. 야쿠자들의 자금을 확실히 배분해 주겠네."

'아, 맞다!'

조금 전에 생각했던 건데 이걸 미끼로 꼬일지 몰라 난데없이 한 방 먹은 기분이다.

야쿠자들이 탱크로리로 대전산업단지에 숨겨 놓은 자금을 영감들도 잊지 않고 있었다는 얘기.

'아놔, 진짜…… 잔머리 굴리는 데는 당할 길이 없네. 도대체 무슨 수작이야?'

"차장님, 그건 흥정거리가 안 되잖습니까?"

"아니면 뒤집어서 만들면 되지."

"……?"

"이번에도 지난번처럼 50퍼센트씩 나누세."

누구랑?

주체가 빠진 두루뭉술한 말.

필시 새롭게 발족하는 치우팀과 국정원이 반반씩 나누자는 얘기임이 분명하다고 여긴 담용의 얼굴색이 조금 변했다.

'씨불, 반반이면 내 몫은 없다는 얘긴데…….'

국정원과 치우팀이 반분한다면 당연한 결과다.

내가 그런 일을 왜 해?

차라리 조금 무리가 되더라도 혼자 하는 게 낫지.

전화 몇 통만 하면 동원할 애들은 수두룩했다.

'능구렁이 같은 영감탱이들 같으니…….'

욕설이 목구멍을 치고 나오는 것을 가까스로 참다 보니 입술이 툭 불거져 나왔다.

'참나, 우물가에서 숭늉을 달라는 소리네.'

그러고 보니 남의 돈을 마치 우리 것인 양 김칫국부터 마시는 게 좀 거시기 하긴 했다.

거기에 서로 많이 가지겠다고 싸우는 꼬락서니를 내보이려니 벌써부터 하품이 나온다.

"할 말이 있으면 하게. 어차피 자네가 없으면 백날 논의해 봐야 공염불일 테니까."

"요구하면 들어주시기는 할 겁니까?"

"일단 들어 보세."

"저는 제 몫으로 50퍼센트를 원합니다."

담용은 어차피 이렇게 된 것 과감하게 나가기로 했다.

사경에까지 이르고 보니 정나미도 떨어지지 않았는가?

'아니, 이 친구가!'

의외의 말이 튀어나오자 최형만이 내심 당혹해했다.

"그건 어렵네."

"저도 그것만은 양보할 수 없습니다."

그냥 던져 보는 말이 아니었는지 말투나 표정이 굳건했다.

"그럼 이렇게 하지. 3분의 1씩. 어떤가?"

"차장님, 저도 더 이상 희생만 하지 않을 겁니다. 앞으로 도 그런 걸 강요하지도 마십시오. 이제부터는 저도 제 몫을 확실히 챙기기를 원합니다."

"나라를 위한 일이네."

나라를 위한 일? 좋은 말이다.

국민으로서 당연히 해야 할 의무라면 따라야 하는 건 맞 다.

그런데 언 넘은 가만히 앉아서 꿀을 빨고, 공은 혼자 독식 하는 것이 문제니까 그러지.

거기에 대해 담용으로서도 할 말은 있다.

"국가를 위한 일이라면 다년간 충분히 봉사했다고 생각합니다."

특전사 시절의 얘기를 말함이지만 쥐꼬리 봉급 얘기는 너무 심한 말인 것 같아서 뺐다.

말이야 바른 말이지 근무 환경이나 훈련에 비해 수입이 극악한 건 사실이지 않은가?

게다가 임무 수행 중 사망이라도 하면 지불되는 연금 역시 쥐꼬리만 하다.

당연히 근자의 일까지 포함하면 담용으로서는 국가를 위한다는 애국심에 봉사를 했지만 받은 게 거의 없었다.

이 역시 봉급이라는 쥐꼬리 돈으로 때우는 국정원, 아니 국가다.

그래서 더 정나미가 떨어졌다.

게다가 욕심까지 엄청나다.

아닌 말로 내가 아니라도 애국할 사람은 많다. 그 탓에 입에서 나오는 말도 곱지가 않았다.

"그러니 더 이상 저를 몰아붙이지 마십시오. 이 꼴을 보시고도 제게 또 뭔가를 요구한다는 건 좀 아니지 않아요?"

"흠, 직책에 따른 임무였네."

"그리 말씀하시면 그 직책을 그냥 던져 버리겠습니다. 생각해 보니 사표 역시 언제든 낼 수가 있는 신분이군요."

'끙.'

트집을 잡을 수 없는 말이라 인상만 구길 뿐인 최형만이다.

"때마침 계절이 가을이네요. 떨어지는 게 낙엽뿐만은 아닌 걸 아시지요?"

은근하지만 그 속에는 강력한 의지가 엿보이는 말투다.

더 이상 몰아붙이지 말라는 뜻이자 최후통첩.

담용만이 그런 말을 할 자격이 있었다.

최형만도 이를 알기에 이마만 잔뜩 찌푸린 채 쳐다보고 있을 뿐이다.

혹시 역린을 건드린 건 아닌지 하는 걱정도 앞섰다.

'흥, 어림도 없다.'

애먼 놈들 주머니를 채워 주기도 싫고 또 내가 하기 싫으면 그만인 것이다.

개인 대 개인이라면 존중받아 마땅한 최형만이었지만, 지금은 공적인 일이라 담용은 고집을 굽히지 않기로 했다.

다만 대답은 신중해야 했다.

최형만은 그 나름대로 심사가 복잡했다.

'후우, 이건 예상치 못한 반응이로군.'

뭐, 협박하고 싶어서 내뱉는 말도, 국정원을 상대로 신경전을 부리는 것도 아님을 모르지 않지만 왠지 마음이 섬뜩해지는 것은 숨길 수가 없었다.

마음만 먹으면 그 누군가 아침 해를 보지 못할 수도 있다는 건 공포였다.

설사 그것이 농담일지라도 언제든 현실이 될 수 있다는 것이 더 무섭다.

갈성규 의원과 다수의 친일파들이 그런 식으로 백치가 되거나 저승의 고혼이 되지 않았던가?

그럼에도 증명할 길이 없다.

심증으로 잡아서 가둔다고 해도 법정증거주의인 국가에서는 무죄다.

무죄 다음의 수순이 끔찍해질 것임은 불을 보듯 빤했다.

최형만은 담용의 표정에서 더 이상 양보할 수 없다는 의지를 읽었다.

직설적으로 말하지 않고 에둘러 표현한 것일 뿐, '나는 돈이 필요하오.' 하는 말임을 모르지 않았다.

그래도 대충 잡아 본 금액이 장난이 아니어서 할 말은 해야 했다.

"금액이 결코 적지 않네."

"잘 압니다."

추정하기로는 30억짜리 팔레트가 무려 666개다.

금액으로 환산하면 무려 2조 원이다.

절반이면 1조 원.

최형만의 말대로 결코 적지 않은 돈이었지만, 담용은 고집을 굽히지 않았다.

단순히 욕심을 부리자고 말한 것이 아니다. 언급했듯 그 나름대로 모종의 계획이 있어서다.

그래서 더 양보할 수 없는 몫이었다.

또 한 가지는 국가에 귀속되는 것이 싫었다.

죄다 돈 욕심에 정치하는 작자들이라 애먼 놈들의 입이 찢어지게 할 마음은 추호도 없었다.

애먼 놈들의 좋은 일?

너무도 빤하기에 일일이 거론하기도 역겹다.

욕심 같아서는 한 푼도 내놓고 싶지 않지만, 돈을 세탁해야 하는 문제가 걸려 어쩔 수 없이 양보하는 것이다.

"으음, 그 문제는 다시 의논해 봐야겠군."

"차장님, 제 요구가 관철되지 않을 때는 사표를 낼 겁니다."

사표와 몫을 바꾸겠다는 말이다.

"그 말은 못 들은 걸로 하겠네."

'쩝, 이쯤에서 타협의 여지를 줘야 하나?'

너무 몰아붙여도 모양새가 좋지 않다. 어차피 생각하지 않았던 말도 아니지 않은가?

"사퇴는 하되 프리랜서로 활동하고 싶습니다."

기어코 그동안 두고 두고 생각해 왔던 말을 내뱉고 말았다.

프리랜서의 선언은 기브 앤 테이크 식으로 일하겠다는 뜻이다.

액수에 걸맞은 일을 하겠다는 것이니 딴죽을 걸기도 힘들다.

무엇보다 먼저 외줄 타기나 마찬가지인 목숨 건 임무를 사양하고 싶은 마음이었다.

또 한 가지, 국정원 요원이라는 직책이 족쇄가 되어 본래의 직업이 뭔지도 모를 판국이다.

벌써 사무실로 출근 못 한 지도 2주일이 넘었다.

통화로 지시하는 것도 한계가 있는 일.

"그리고 지금 탈취 건은 참여하고 싶지도 않고요."

가시 돋친 목소리로 결정적인 말까지 해 버렸다.

뭐, 조령모개하는 변덕쟁이라고 해도 상관없다.

더구나 젊은 청춘인 자신이다.

애국심이라는 틀 안에 가둬 놓고 천금과도 같은 젊음을 그런 식으로 보내기에는 너무 아깝다는 생각이다.

그렇다고 애국심을 호도할 생각은 추호도 없다.

호국영령들을 어찌 대하려고?

단지 내가 아니더라도 대한민국에 인재들이 널려 있다고 말하고 싶은 것이다.

프리랜서로 일하더라도 충분한 일.

'헐!'

최형만은 담용의 강경한 태도에 헛숨만 쉴 뿐이었다.

더구나 지난번에 이어 두 번째이다 보니 괜히 내뱉는 말로 들리지가 않았다.

방귀가 잦으면 뭐가 나오듯이 담용의 태도가 심상치 않았다.

말을 듣고 보니 OP요원이랍시고 두 번씩이나 목숨을 위협받을 수 있는 임무에 달랑 홀로 내보냈다는 점도 마음에 걸렸다.

처참한 몰골을 보니 더 그런 생각이 들었다.

별다른 작전 계획도 없이 내보냈다는 것 또한 큰 문제였다.

홍콩도 그랬고 중국 또한 그랬다.

그로 인해 국가가 취한 이득은 엄청났다.

눈에 딱히 보이는 이득은 그리 많지 않지만 무형으로 획득한 이득은 환산할 수 없을 정도로 컸다.

특히 중국에서의 임무는 두말할 필요도 없이 향후 유형무형의 거대한 자산으로 적용될 터였다.

그런데 거기에 대한 보상이라고는 쥐꼬리만큼도 없다.

마냥 애국심만을 강조하며 우려먹는 것도 한계가 있는 일.

이번의 부상도 그 근원은 따지자면 모두 임무에서 비롯되지 않았는가?

사실 그렇게 따지니 할 말이 없다, 말릴 명분도 없고.

하지만 인재가 있음에도 써먹지 않는다면 그것 또한 못할 일이다.

어쨌거나 결론은 가성비로 봐도 최고의 요원이란 뜻.

"너무 성급히 결정하지 말고 조금 기다려 보게."

분위기상 더 이상 얘기하다가는 사달이 날 것 같다는 생각이 든 최형만이 돌아섰다.

최형만은 그 나름대로 담용이 국가관에 대해 심도 있는 대화를 나누기에는 아직 어린 나이라 치부했다. 그래서 다음을 기약하기로 했다.

뭐든 시간이 지나면 감정이 희석되기 마련이라 거기에 기대하는 마음도 있었다.

'쯧, 중국 족제비에 대해서는 말도 꺼내지도 못하겠군.'

다급한 일이었지만 오늘은 날이 아닌 것 같았다.

그리고 이런 상황에서 또다시 내보낸다는 것도 우습다.

무엇보다 더 이상 심도 있는 대화를 나누기에는 담용과의 사이가 그렇게 돈독하지 못하다는 점도 한몫했다.

어쩌면 이 모든 것이 급조해서 채용하게 된 특채 요원들의 한계일지도 몰랐다.

"몸조리나 잘하고 있게. 다시 연락하지."

"또 보세나."

말없이 장승처럼 서 있던 송수명이 최형만을 따라 실내를 빠져나갔다.

"후우! 잘한 건지 모르겠군."

그렇지만 후회는 하지 않았다.

"이곳에 더는 있고 싶지 않군."

그러려면 빨리 회복해서 스스로 걸어 나가는 길밖에 없다.

"내 발로 국정원에 다시 발걸음을 할 일은 없을 것이다."

담용은 이미 마음을 굳혔다.

그리고 조금 전까지의 일은 쿨하게 잊었다.

"일단 몸부터……."

출입문으로 가서 문을 걸어 잠그고는 침상에 가부좌를 틀고 앉았다.

벼락 같았던 순간이었지만 깨달음이 없지 않았다.

차크라를 운기해 찰나간에 지나쳐 버린 그때의 감각을 찾는 것이 우선이었다.

더불어 초능력 수법도 개발해야만 했다.

초능력에 관한 책자를 무려 열두 권이나 통째로 암기하고 있는 상태지만, 선문답 같은 문구가 발전을 더디게 하고 있었다.

전념하지 못하고 짬짬이 공부해 온 잘못도 있지만, 초능력에 관한 책자들은 경지가 높아질수록 현학적인 문구가 많아 이해하기가 난해했던 것이다.

그러나 결코 넘지 못할 벽은 아니었다. 그저 오롯이 그리고 끊임없이 실행과 착오를 거듭해야만 어느 정도 길이 어렴풋이 보일 것 같은 예감이 들었다.

"쩝, 뭐든 부족함을 깨달아야 진짜 실력이 나오는 법이지."

두 손을 자연스럽게 무릎에 올린 담용이 지그시 눈을 감았다.

'우선은 몸부터 정상으로 회복하자.'

이전의 경험으로 보아 그리 오랜 시간은 걸리지 않을 것으로 여겼다.

걱정이 되는 일이라면 기이할 정도로 급속히 회복되는 몸을 보고 놀랄 담당 의사의 표정이었다.

"쩝, 몸이 회복되는 대로 집으로 가야겠어."

수시로 연락을 하긴 했어도 많이 기다리고 있을 동생들이 보고 싶었다.

정인도 보고 싶었다.

'에구, 그러고 보니 그날 이후로 못 봤네.'

그날?

다름 아닌 정인과 하룻밤을 하얗게 불태웠던 날이다.

'마음이 상했을 수도 있겠는걸.'

정인에게서 전화 한 통 없는 걸 보면 그럴 가능성도 있었다.

물론 그런 성정을 지닌 정인이 아님을 알지만 여자란 불처럼 자꾸 쑤석대도 곤란하지만 방치해도 곤란하다.

정인도 여자라 그런 범주에 속하지 말란 법은 없다.

그런 생각이 들자, 마음이 안정되지 않았다.

차크라 수련을 잠시 연기하더라도 정인과 통화하고 싶은 마음만 가득해졌다.

'후우, 목소리라도 들려주는 게 낫겠구나.'

이미 한참 늦은 탓에 마음에 걸렸다.

시계는 밤 10시를 갓 넘기고 있었다.

오해하지 않았으면 하는 마음에 휴대폰을 들었다. 곧 휴대폰에 정인의 달콤한 음성이 들려왔다.

—다. 담용 씨?

"예, 접니다."

—무슨 일이 있는 건 아니죠?

"그럼요. 전화가 너무 늦었죠?"

—걱정했어요.

"아, 미안해요. 건설교통부에서 갑자기 출장이 잡히는 바람에…… 지금 도착했거든요."

거짓말이긴 했지만 특채로 채용된 건설부 공무원임을 알고 있기에 편하게 핑계를 댔다.

—어머! 외국 출장이었어요?

"예."

—많이 피곤하겠어요. 제가 그리로 갈까요?

역삼동 집으로 오겠다는 말.

"아뇨. 업무 보고가 끝나는 대로 부천 집으로 갈 겁니다.

내일은 쉬시죠?"

─네, 일요일이니까요.

"그럼 푹 주무시고 집에서 보죠. 괜찮지요?"

─그럼요.

"근데 급히 다녀오느라 선물을 준비 못 했는데 어떡하죠?"

─후후훗, 제겐 담용 씨가 선물인걸요.

"하하핫, 저도 그래요. 부탁 하나 할게요."

─네.

"혜린이에게 전화해서 제 사정을 좀 전해 주세요."

─그럴게요. 아, 집안은 별고 없었어요. 조부모님까지요.

"다행이네요."

─동생들이야 당연하지만 조부모님께서도 많이 궁금해하
긴 하셨어요.

"내일 찾아뵈야죠. 밤이 깊었어요. 잘 자요."

─네. 내일 봐요.

탁.

'전화도 했으니 아예 꺼 놓는 게 좋겠군.'

차크라 수련에 방해가 될 것도 같았고, 더 이상 다른 곳에
신경 쓰고 싶지 않은 마음이 들어서다.

바인더북

추적의 단서

　미국 대사관.

　대사관 내에 총영사관과 CIA 한국 지부가 공존하고 있어 세 부서의 수장이 모이는 것은 금세였다.

　주한 미국 대사는 로간 덴징거로 52세의 백인이었고, 총영사는 48세인 찰리 하드윅으로 역시 백인이었다.

　CIA 코리아 지부장은 주지했다시피 애덤 워싱턴이다.

　세 명의 수뇌 외에도 보좌진들이 함께하고 있는 회의의 분위기는 자유분방한 성격의 미국인들답지 않게 무거웠다.

　당연히 대사가 셋 중 최고의 수장이라 눈을 잔뜩 모으고 살펴보던 서류를 덮고는 먼저 입을 열었다.

　"애덤, 왜 나는 이런 사실들을 전혀 모르고 있었을까요?"

"죄, 죄송합니다."

입이 열 개가 있어도 할 말이 없는 애덤이다.

"아무리 레임덕이 만연해 있는 시기라지만, 이건 좀 아닌 것 같소. 본 대사 역시 임기가 막바지라고 해도 대통령께서 임기를 마칠 때까지 업무는 해야 하지 않겠소?"

"지당한 말씀입니다."

"뭐, 어쩌겠소, 이미 지난 일이고……. 그걸 인정한다면 이번 일에 대해 진지하게 논해 보도록 합시다. 본국에서 지시가 내려올 때까지 나나 총영사나 뭔 일인지도 모르고 당해 버려 어리둥절하긴 하지만 결과 보고만큼은 제대로 하고 싶은 마음이오. 아시겠소?"

"그, 그럼요."

시종 점잖은 말투로 조곤조곤 내뱉는 덴징거 대사의 어조였지만, 애덤은 땀을 삐질거리느라 바빠 겨우 대답하는 모양새다.

사실 코리아 내에서 자국민에게 문제가 생긴 일이라면 두 기관에 보고를 하는 게 맞다.

하지만 애덤으로서는 억울한 면도 없지 않은 것이, 그동안은 딱히 보고할 만한 일이 없었다.

있다고 해도 모른 척하라고 하니 보고할 거리도 되지 못했던 것이다.

결국 결과가 이렇게 되고 나서야 비로소 문제가 불거져 현실이 되어 버린 것.

"애덤, 시작합시다."

"예. 일의 발단은 타일러라는 자의 행방이 묘연한 데서 비롯됐다고 해도 지나친 말은 아닐 것입니다."

타일러가 플루토 요원이라는 점을 언급하지 않은 것은 덴징거 대사가 거기까지 알 필요가 없어서였다 .

"고인이 된 체프먼의 초청이 있었다고요?"

"그렇습니다."

"아직도 행방불명이고요?"

"예, 코리아 경찰에 수사를 의뢰했지만 아직 답보 상탭니다."

"그거 안됐군요. 그런데 보고서에 적힌 내용대로라면 타일러가 누군가를 죽이려다가 도주를 했다고 했는데, 그 사정에 대해서는 알지 못한다고요?"

"모릅니다. 단지 체프먼이 초청했다고 해서 그를 의심해 물어봤지만, 입국한 날 딱 한 번 얼굴을 본 이후로 행방을 전혀 알지 못한다고 했습니다."

"타일러의 정체에 대해서는 물음표가 되어 있는데…… 지금은 어떻소?"

"본국 요원들에게 문의해 봤지만 체프먼과 동창이라는 것 외에는 밝혀진 것이 없다고 했습니다."

"허어, 유령 인물도 아니고……."

"아, 소셜 번호는 있습니다."

소셜 번호란 'social security number'로 사회보장번호, 즉 한국식으로 말하면 주민등록번호라고 할 수 있다.

"체프먼이 떠돌이 아니면 노숙자를 초청했단 말인데…… 총기를 사용했다니 놀랍소. 게다가 행방불명이라니…… 거참."

혹시 스나이퍼가 아닌가 하는 말은 언급하지 않았다. 사서 어려움을 일구기 싫어서다.

"저희는 죽었을 거라는 데 무게를 두고 있습니다."

"그래요? 그렇게 여기는 근거는 뭐요?"

"증명할 수는 없습니다만……."

"쯧, 그 문제는 중요하지 않으니 넘어갑시다."

노련한 외교관인 덴징거가 애덤의 곤란함을 풀어 주었다.

"하면 스캇과 케이힐이란 자는 뭐 때문에 입국했으며, 지금 어디에 있소?"

"입국한 목적은 여행입니다. 입국할 때 그렇게 답했으니까요. 두 사람의 행방은 현재 저희 요원들이 찾고 있는 중입니다. 소식이 끊어진 지 며칠 되지가 않아 조금 더 찾아보고 말씀드릴 예정이었지요."

"흠, 혹시 스캇과 케이힐이 입국한 이유가 체프먼과 관계 있는 건 아니오?"

"그것까지는 알지 못합니다. 저희가 알기로는 서로 접촉이 없었습니다. 그리고 목적이 있어서 입국했다면, 그건 영사관에서 알아야 할 일이겠지요."

"우리도 알지 못하오. 방문한 적이 없었거든요."

총영사인 하드윅의 말이었다.

"그럼 그 두 사람에 관해서는 조금 더 기다려 보기로 합시다. 문제는 체프먼과 그 일행이 사고사한 사건이외다. 이게 좀 골치 아픈 게, 본국의 지시가 강력한 것으로 보아서는 아무래도 체프먼 회장이 손을 쓴 것 같소."

'댐잇.'

재벌이 돈으로 정치인들을 움직였다는 뜻으로 들은 애덤이 속으로 욕을 해 댔다.

뭐, 일상다반사라 새삼스럽지도 않지만 문제는 체프먼이 업무와는 무관한 인물이라는 데 있었다.

'꽤나 뿌렸겠군.'

파이낸싱스타의 자금력이라면 현재 막상막하인 공화당의 부시나 민주당의 엘 고어 후보에게 골고루 돈을 살포했을 것이 분명했다.

이는 그만큼 골치가 아파진다는 등식이 성립된다는 소리다.

'썩을…… 거기에 시간을 소비할 수는 없어.'

대선으로 한창 신경이 곤두서 있는 판국에 망나니들의 죽음에 시간을 허비한다는 건 말도 되지 않는다.

"대사님, 하지만 낙상 사고가 명백하지 않습니까? 그건 누가 오더라도 바뀌지 않는 사실입니다."

"그렇게 확신하는 다른 이유라도 있는 거요?"

"확신하고 말 것도 없습니다. 총영사에게서 소식을 듣자마자 두 명의 요원을 현지에 급파해 조사를 해 봤지만, 별다른 점을 찾지 못했습니다. 또한 코리아 경찰에서도 그렇게 보고 있고요."

"그 점만 가지고는 설득하기 어렵소. 다른 대안은 없소이까?"

"코리아의 경찰 수사력은 신속하고 정확하기로 정평이 나 있습니다. 보고서의 적힌 내용대로 파이낸싱스타 직원들의 말에도 신빙성이 있습니다. 그들을 신문해 본 바로는 며칠 전에 있었던 경매 결과가 좋지 않아 체프먼이 무척 화를 냈다고 합니다. 사무실이 들썩거릴 정도로 말입니다."

톡톡톡.

"그래서 홧김에 여행을 갔을 거라고 여기 써 놓은 게요?"

"그 외에는 달리 이유가 없으니까요. 사고는 운전 부주의였을 뿐입니다. 그 누구도 가해를 가하지 않았고, 캠핑카 역시 H사에서 갓 나온 신형이라 차량에 전혀 문제가 없었단 말입니다."

"흠, 너무 흥분하지 마시오. 나도 이런 걸 묻고 싶어서 자리를 마련한 건 아니니 말이오."

대사도 등을 떠밀려 어쩔 수 없이 회의 주제로 삼았다는 얘기다.

　어느 정도의 직급에 오르면 선수끼리 다 아는 일이라 애덤도 금방 수긍했다.

　서로에게 책임을 전가할 일이 없는 한 척을 질 사이도 아니어서 고성이 오가는 것은 사양하고 싶었다.

　"아, 죄, 죄송합니다."

　"괜찮소. 하면 결론을 냅시다. 방금 애덤이 한 말 그대로 자료를 갖춰서 보고하는 것으로 합시다. 두 분 생각은 어떻소?"

　"저는 찬성입니다."

　"저 역시……."

　"알겠소. 그렇게 보고하리다. 아, 애덤."

　"예."

　"스캇과 케이힐의 행방을 찾는 대로 총영사에게 알려 주시오."

　"알겠습니다."

　"수고들 하셨소. 이만 가 보시오."

　CIA 사무실.

쾅!

문을 거칠게 닫고 들어온 애덤이 급한 걸음으로 밀실로 들어갔다.

이어서 전화기를 든 애덤이 두 개의 핫라인 중 하나를 가동했다.

수구회의에서야 심중의 의문을 말할 수 없었지만 애덤의 촉은 불길함으로 가득 차 있었다. 그래서 마음이 급했다.

"코란트?"

―그래, 날세.

"아무래도 사달이 난 것 같네."

―무슨 소리야?

"스캇과 케이힐 말일세."

―걔들이 왜?

"아직 연락 온 게 없지?"

―없었네.

"두 사람이 단순히 여행을 온 게 확실한가?"

―그런 걸로 알고 있네. 내게 별다른 말이 없었으니까. 그런데 그 아이들을 거론하는 걸 보니 문제가 있는가 보군. 그런 건가?

"지금은 아니야. 그냥 내 예감이 불안해서 그래."

―쿠쿡, 예감? 그 아이들이 어떤 존재들인지 알지 않는가?

"잘 알지. 하지만 내 말을 더 들어 보고 판단하게."

—흠, 말해 보게.

"타일러란 자를 알고 있나?"

—타일러라면 이름은 들었지만 직접 대화하거나 본 적은 없네.

"실은……."

타일러가 파이낸싱스타의 체프먼의 초청에 의해 한국으로 온 것과 누구를 살해하려고 한 사실, 그리고 현재 실종 상태인 것을 말하자, 코란트에게서 격앙된 음성이 튀어나왔다.

—뭐라? 실종!

"흥분하지 말게, 단순한 예감일 뿐이니까."

—자네가 거기서 근무한 지도 어언 20년이 넘었어. 그 정도 경력이면 예감이라고 해서 무시할 수준은 아니잖나? 하! 애들이 실종된 것 같다니!

"애들에게 스나이퍼가 따라붙지 않았나? 당최 걸리는 인물이 없어서 묻는 것이네."

—아, 이번엔 가드 없이 보냈네.

"뭐! 그럴 수도 있나?"

—임무가 아닌 것도 있지만, 그 아이들이 그렇게 원했네. 심심풀이 여행에 무슨 가드냐고 하더군.

"언제 어느 때든 매뉴얼에 따라야 하지 않나?"

—그렇긴 하지. 아무튼 이번 경우는 그렇게 됐네. 그건 됐

으니 자넨 어떻게 하고 있나?

"우리 요원들이 백방으로 찾고 있지만 아직까지 무소식일세. 혹시 자네가 아니더라도 가족이나 친구들에게 연락을 했을 수도 있지 않겠나?"

―가족들은 모르겠지만 난 못 받았네. 그런데 정말 실종됐다고 확신하는가?

"더 찾아봐야 알겠지만 지금으로서는 그러네."

―빌어먹을. 연락할 방법도 없는 판국인데…….

"혹시 말이야."

―응? 뭐가?

"스캇과 케이힐이 체프먼의 초청으로 인해 한국으로 온 게 아닌가 하는 생각이 드네. 이곳에 아무런 연고도 없는 아이들이 아닌가? 자네 생각은 어때?"

―흠, 일리가 있는 말이네. 내가 알기로 스캇과 타일러가 친하게 지냈다고 듣긴 했네만…… 그냥 흘려들어서 관계가 어디까지인지는 몰라.

"두 사람이 타일러를 찾아온 것일 수도 있겠군."

―연결 고리가 그렇게 돼야 수수께끼가 풀리나?

"어쩌면."

―코리아가 위험한 동네인가? 내가 듣기로는 노스 코리아와 총을 맞대고 있다던데…….

그 한마디로 코란트가 대한민국에 대해 전혀 알지 못한다는 것이 증명됐다.

"꼭 그렇지도 않네. 전쟁이 터질 기미도 없고. 게다가 치안이 잘되어 있는 것으로 보면, 세계적이라 할 수 있는 나라야."

−그런데도 실종이란 말이 나오나?

"그렇다고 뒷골목까지 안전한 건 아니지. 어느 나라든 그렇잖아?"

−풋, 뒷골목 애들이 어찌할 수 있는 수준의 아이들이 아니네.

"나도 알아. 아무튼 예감이 안 좋은 건 사실이야."

−딱히 그럴 만한 일이라도 있나?

"체프먼이 죽었네."

−엉? 체프먼이라면……. 아! 아까 말했던 파이낸싱스타의 막내아들이란 놈?

"그래."

−그 녀석이 왜 죽어?

"차가 낭떠러지로 구른 교통사고였어. 직원 세 명과 함께 즉사했지."

−허얼! 그거…… 불행한 일이로군.

"이봐, 생각나는 게 없나?"

−뭔 생각?

"타일러의 실종에 이어 자네 아이들, 그리고 체프먼과 그 일행의 불운 말일세.

　ー……?

"뭔가 짜 맞춰 벌어진 일 같지 않느냔 말일세."

　ー그러고 보니…….

"그렇지? 자연스러운 일은 결코 아닌 거지?"

　ー하지만 우리 애들의 사정은 아직 모르지 않나?

"나 역시 당장이라도 우리 요원들에게서 찾았다는 말을 듣고 싶은 심정일세. 하지만……."

　ー아아, 불길한 소리는 이제 그만. 아무튼 자네 말대로 개들이 불행에 처했다고 쳐. 내가 어떻게 해 주면 되겠나?

"얼치기들을 보내지 말고 정예 팀을 보내 주길 바라네."

　ー후우, 말을 너무 쉽게 하는군.

"달리 방법이 없으니까."

　ー그 문제는 내 선에서 해결하기 어렵네. 알파와 브라보급이면 별도로 승인을 받아야 하는 일이라…….

"그럼 모두 밝히게."

　ー으음, 너무 성급한 것 같지 않나?

더 기다려 보자는 얘기임과 동시에 일이 커질 것을 우려하는 말투다.

"시간이 갈수록 흔적이 희미해질 것은 생각 안 하나?"

　ー흠, 좋으이. 단 이틀만 더 기다려 보자고. 보고를 하려면 나도 준비가 되어야 하니까.

"그렇게 해. 자네에게도 입장이란 것이 있을 테지."

—신세를 지게 됐군.

"나도 갚을 것이 있잖나."

—그렇군.

"참! 치나의 일은 어찌 되어 가고 있나?"

'치나'는 중국을 칭하는 말이다.

—숨죽이고 있는 중이네.

"거기 안전부 애들이 보통이 아닐 텐데……."

—그래서 쑤석거리지 않고 있다네. 어차피 증거는 찾지 못
해. 심증이라면 몰라도.

"심증이 간다고 해서 따지지는 못하겠지. 자넨…… 괜찮
을 것 같나?"

—뭐, 내부적으로야 징계를 피할 수는 없겠지. 하지만 크
게 염려하지 않아도 될 걸세.

"하긴 자네야 귀중한 자원이니……."

—여튼 정보는 고마웠네. 이틀 후에 통화하자고.

"그러지. 끊네."

철컥.

통화를 끝낸 애덤이 턱을 고이고는 골똘히 생각에 잠겼다
가 중얼거렸다.

"아무래도 요원들을 더 풀어야겠어."

그러지 않아도 토미와 그랙에게 지리산에서 돌아오자마자

스캇과 케이힐의 행방을 찾도록 비상을 걸어 놓은 상태다.

휴대폰을 든 애덤이 밀실을 빠져나왔을 때, 여직원인 셰리가 문을 열고 들어왔다.

"셰리, 무슨 일이야?"

"부장님, 총영사님이 급히 오시라는 연락이에요."

"응? 왜? 방금 보고 왔는데 무슨 일이래?"

"그냥 급히 오시라고만 했어요."

"알았다."

벌컥.

애덤이 총영사실로 들어서자마자 소리쳤다.

"총영사님, 무슨 일입니까?"

"아! 지부장님, 차량을 발견한 것 같습니다."

"예? 차량이라니요? 무슨 차량을 말하는 겁니까?"

"방금 렌터카 회사에서 영사관으로 연락이 왔었습니다. 차량을 렌트한 사람이 무리엔 스캇이고 이틀을 빌렸답니다. 그런데 오늘까지 나흘째인데도 반납을 하지 않아 할 수 없이 영사관으로 연락을 했답니다."

우뚝.

하드윅의 말에 애덤의 걸음이 거짓말처럼 멈췄다.

'아아아, 이런, 멍청이…….'

왜 그 생각을 못 했을까?

지리를 잘 알지 못하리라는 생각을 했어야 했다.

걷거나 대중교통을 이용하지는 않았을 것임은 지극히 상식적인 일이다.

"스캇과 케이힐이 렌트한 차량으로 돌아다니고 있을 테니 코리아 경찰의 협조를 얻어 수배를 해 보면 어떻겠습니까?"

"아, 좋은 방법입니다."

'쿵! 부울쉿이다!'

좋은 방법은 개뿔.

대뜸 소름이 돋도록 전신이 오싹해지는 판국에 무슨 뒤늦은 수배야!

애덤의 예민한 촉이 좋지 않은 쪽으로 급격히 기울었다.

이런 경우 그동안의 경험으로 보면 백 퍼센트의 적중률이라 마음이 더 화급해지는 애덤이었다.

"총영사님, 그건 제가 맡아서 처리하지요. 쪽지를 제게 주시겠습니까?"

"그러죠. 여기……."

"수고하셨습니다. 그럼……."

쪽지를 빼앗듯이 가로챈 애덤이 잽싸게 총영사실을 빠져나가더니 목소리가 흥분으로 치닫기 시작했다.

"셰리!"

"네, 지부장님!"

"경찰청에 전화를 걸어서 청장을 바꿔 줘!"

"네!"

여직원에게 지시를 하고는 자신의 자리에 앉았다.

눈에 언뜻 비친 벽시계는 오후 2시 30분을 가리키고 있었다.

언제 저렇게 시간이 흘렀는지 모르겠다.

'제길, 그러고 보니 점심 식사를 걸렀군.'

사락.

쪽지를 펼쳤다.

KH렌트카 삼성동지점

전화번호 02)○○○-○○○○

차종 : 2000년식 그랜저

색상 : 검정

차량 번호 : 서울허○○○○

"지부장님, 전화 연결됐어요. 9번이에요."

"알았어."

꾸욱.

"여보세요?"

―아, 예. 경찰청장 이근호입니다.

"안녕하십니까? CIA 한국 지부장 애덤 워싱턴입니다."

―어이구, 지부장께서 어쩐 일이오?

"급하게 협조를 구할 것이 있어서 전화를 드렸습니다. 그리고 먼저 이에 대해 죄송하다는 말씀을 드리고 싶군요."

―별말씀을. 그래, 뭘 협조해 주면 좋겠소?

상대방의 어조에서 급한 일이라고 여긴 이근호 청장도 거두절미하고 본론부터 물었다.

"일단 메모 준비부터 부탁드리지요."

―그야 항상 준비가 되어 있으니 지금 말해도 되오.

"본국의 국민이 렌트한 차량을 수배하고 있습니다. 차종은 2000년식 그랜저……."

메모에 적힌 대로 빠르게 불러 준 애덤이 말을 이었다.

"청장님, 본국 국민의 목숨이 달린 문젭니다. 이 차량을 급히 수배해 주시면 감사하겠습니다."

―아니, 생명이 달렸다고요?

"아니라면 다행이겠지만 우리의 판단은 그런 상황이라는 겁니다. 부디 협조해 주시기를 바랍니다."

―아, 알았소. 당장 수배할 테니 기다려 주시오.

"감사합니다."

철컥.

긴장한 시간이 길었던지 다리에 힘이 쭉 빠진 애덤이 털썩 주저앉았다.

'어차피 시간이 걸릴 일이다.'

아무리 조직 체계가 잘되어 있다고 해도 차량이 한 곳에 처박혀 있다면 수배해도 하 세월이 걸릴 것이다.

교통 방송까지 이용해 주면 좋으련만 차마 거기까지는 부탁하지 못했다.

'젠장, 피가 마르는 기분이군.'

그뿐이 아니다. 며칠 신경을 곤두세웠더니 현기증까지 이는 것 같았다.

'아차! 혈압 약을 안 먹었군.'

바로 앞에 둔 혈압 약을 톡 털어 넣고는 물을 한 모금 마신 애덤이 머리를 싸쥐었다.

'나흘, 나흘째라…….'

렌터카 회사 덕분에 정확히 며칠이 흘렀는지 알게 된 점은 좋았지만, 나흘이나 소식이 없었다는 것이 마음을 불안하게 만들었다.

그러나 한편으로는 초능력자들을 그 누가 있어 해코지할 수 있겠느냐고 여기면 안심이 되기도 했다.

'아무리 초능력자라도 총알 한 방에 갈 수도 있어.'

불안이 꼬리를 물었지만 이 역시 코리아가 총기 소지를 불법으로 하고 있다는 것이 또 안심이 되게 했다.

'으으, 머리 아프군. 그래, 일단 식사부터 하고 보자.'

자리에서 일어설 기운도 없어 인터폰을 눌렀다.

삐이—!

—네, 지부장님.

"셰리, 속이 허하다. 뭐라도 좀 사 와."

—네에—!

그렇게 한참이 지난 후, 셰리가 콜라가 곁들여진 피자를 사 왔다.

"지부장님, 체하지 않게 천천히 드셔요."

"어, 고마워. 수고했어."

그런데 막 한 입 베어 물기도 전에 셰리의 음성이 들려왔다.

—지부장님, 경찰청장님이시래요.

"어? 그, 그래."

'썩을…… 먹을 복도 지지리 없군.'

하지만 지금은 전화를 받는 일보다 중요한 것이 없어 입으로 가져갔던 피자를 내려놔야 했다.

딸깍.

전화기를 들면서 시간을 보니 오후 4시가 다 되어 가고 있었다. 수배에 1시간여가 소요됐다는 뜻.

아무리 좁은 국토라지만 인구가 5천만 명에 달한다. 그야말로 초고속 수배다.

애덤으로서는 감지덕지한 일.

"아, 전화 바꿨습니다."

－이근호 청장이오.

"차, 찾았습니까?"

　－다행히 부탁을 수행하게 됐소이다.

"어, 어딥니까?"

　－의정부시에 있는 송산사지라는 공원의 주차장에 주차되어 있다고 하오.

"의정부시라고요?"

　－그렇소.

"아니, 어째서 거기에……."

　－파출소 경찰이 순찰 도중에 발견한 것을 컴퓨터에 저장해 놓아서 빨리 찾을 수 있었소.

"아! 다, 다행입니다. 정말 감사합니다."

　－직접 가실 거요?

"당연히 가야지요."

　－그럼 안내를 위해 종로경찰서에서 경위 한 명이 경찰차를 몰고 대사관으로 갈 겁니다. 그걸 타고 가시기 바라오.

"아이구, 고맙습니다. 기회가 오면 보답하겠습니다."

　생각지도 않았던 배려에 애덤은 진심을 담아 사의를 표했다.

　－천만에요. 당연히 할 일이오. 협조가 더 필요하다면 언제든지 말하시오. 그럼…….

"옛! 들어가십시오."

철컥.

"됐어."

주먹을 불끈 쥐고 승리의 세리머니를 한 애덤이 얼른 휴대
폰의 단축키를 눌렀다.

꾸욱.

한편 토미와 그랙은 여태 쫄쫄 굶고 다니다가 늦은 점심을
열심히 먹고 있는 중이었다.

따르르. 따르르르……

"아쒸, 또 뭐야?"

"보나 마나 지부장일 텐데 뭘."

"제길, 식사도 못 하게 하는 악덕 저질 상사."

말은 그렇게 툴툴거려도 휴대폰에 댄 입술은 군기가 바짝
섰다.

"넵! 토미입니다."

─거기 어디야─!

"앗!"

흥분이 잔뜩 밴 애덤의 전화를 받은 토미가 고함 소리에
깜짝 놀라 수저를 떨어뜨렸다.

떵그렁.

"아고! 귀 따거. 뭐라고요? 다시 말씀해 주세요."

─지금 어디 있느냐고 묻잖아!

"아, 이태원에서 점심 식사 중입니다."

─지금 식사할 시간이 없으니까 당장 튀어 와!

"지부장님, 저희 아침도 못 먹었어요. 좀 봐줘요."

─굶어! 두 끼 정도 안 먹었다고 죽지 않아!

"지부장님은 먹었잖아요!"

─얌마! 나도 안 먹었어!

'별별…… 한 끼만 굶어도 온몸이 덜덜 떨린다고 엄살을 떠는 사람이 식사를 안 해? 흥!'

믿기지 않았지만 대놓고 대거리를 할 수는 없는 일.

"대체 왜 그러시는데요?"

─스캇이 렌트한 차량이 발견됐단 말이다.

"그래서요?"

─그래서는 뭐가 그래서야! 그쪽으로 가야지!

"걔들이 어린앤가요, 보모처럼 졸졸 따라다니게요."

─인마! 지금 한가한 소리할 때야! 두 녀석이 죽었을 수도 있단 말이다!

"에? 진짜요?"

─어쿠, 답답한 짜식! 당장 안 가!

"덤dumb(멍청한)─!"

─뭐? 지금 뭐라고 했어!

"아, 당장 출발한다고요! 끊어요!"

—야!

"아, 왜요?"

—무조건 의정부경찰서로 와! 나도 거기로 갈 테니까.

"헉! 지, 지부장님도 가신다고요?"

—그래, 짜샤! 당장 출발해!

"넵!"

탁.

"그랙, 식사하기는 글렀다. 일어서!"

"아놔! 왜 또?"

"스캇이 렌트한 차량이 발견됐단다."

"뭐? 어, 어디래?"

"나도 몰라. 무조건 의정부경찰서로 오란다. 지부장님도 그쪽으로 오신대."

"지랄. 의정부라면 동두천이 있는 곳이잖아?"

"어, 알아?"

"쪼끔. 출발하면서 얘기하자고."

"그래."

"아놔, 식사 한번 하기가 왜 이리 어려운 거야?"

"쫄따구 팔자가 다 그렇지 뭐."

"네미럴, 다른 곳으로 전출하든지 해야지. 이거야 원, 달달 볶여서야 제명에 살겠냐?"

"이봐, 그래도 코리아만큼 편한 근무지는 드물다고. 혹시 중동으로 가고 싶은 거야?"

"턱도 없는 소리. 중동 지역으로 보내면 내가 옷 벗고 만다."

"그럼 불만 갖지 마."

"제길, 말도 못 하냐?"

차크라의 또 다른 효능

일요일.

으레 그래 왔듯이 담용은 성주산의 수련을 마치고 집으로 들어서고 있었다.

끼이익.

철제 대문을 열자, 녹이 슬었는지 듣기에 껄끄러운 소음이 났다.

"이런, 기름칠을 해야겠구나."

담용이 그 즉시 뜰 한쪽 귀퉁이에 있는 창고로 향했다.

그때 혜린의 뾰족한 음성이 들려왔다.

"오빠!"

"어? 왜?"

고개를 돌리니 나갈 채비를 끝낸 혜린이 의미심장한 웃음을 짓고 있었다.

"아침 일찍 어디 가려고?"

"할머님 댁에요."

"거긴 왜?"

"아침 식사를 같이 하자고 하셔서 도우러 가는 거예요."

"어? 그래?"

"히히힛."

"……?"

여전히 의미심장한 웃음을 지으며 담용에게 바짝 다가서는 혜린이다.

'얘가 왜 이래?'

"오빠, 귀 좀 대 봐요."

"……?"

담용이 귀를 갖다 대자 혜린이 속삭였다.

"집에 정인 언니가 와 있어요."

"뭐? 벌써?"

"호호홋, 그러게. 많이 보고 싶었나 보죠 뭐."

"짜식."

꽁.

"아야!"

"말을 함부로 하고 있어. 뭐 하고 있디?"

"오빠 방 청소하고 있어요. 어서 들어가 보세요."

"청소를 한다고?"

"네, 오자마자 청소기를 들고 오빠 방부터 들어간걸요."

"그래? 알았다. 먼저 가 봐라. 동생들 깨워서 곧 갈 테니까."

담용이 창고로 가던 발길을 돌려 현관문으로 향하자, 혜린이 불러 세웠다.

"오빠, 잠깐만."

"응?"

"결혼은 언제 할 거예요?"

"결혼?"

"네."

"그건 왜 묻는데?"

"왜 묻긴요? 오빠가 빨리 결혼했으면 해서죠."

"흠, 그래?"

"조카를 빨리 보고 싶은 마음도 있고요."

"풋! 네 녀석이 결혼하고 싶어서 그러는 건 아니고?"

"아이, 오빠가 먼저 가야죠."

"그게 뭔 상관이냐? 네가 동생이라지만 여자잖아? 오빠보다 먼저 결혼한다고 해도 흉은 아니지."

"그건 좀 아닌 것 같아요."

"오빤 괜찮아. 너 먼저 가도 돼. 근데 도원이 집에서 무슨 말이 있었냐, 그런 말을 하게?"

"아뇨. 거긴 이제 겨우 인사를 드린 상태인걸요."

"그래도 빠른 편이네."

"히힛, 하지만 도원 씨 집에서 서두르더라도 난 오빠보다 먼저 갈 생각은 없어요. 난 무조건 오빠가 먼저여야 한다고 생각하거든요."

"하하핫. 혜린이 너, 의외로 고루한 면이 있구나?"

"그게 아니라…… 내 친구 정숙이 알죠?"

"정숙이? 아! 거 단발머리 여자애 말이지?"

담용의 머릿속으로 단발머리를 찰랑이며 토토토 뛰어다니던 여자애가 떠올랐다.

"후후훗, 오빠는 나이가 몇 살인데 아직도 애래."

"아, 그러네. 어릴 때 봐 놔서 그런가?"

"고등학생 때도 봤으면서."

"그런가? 시집은 갔냐?"

"에이, 이제 겨우 스물네 살인데 벌써 가요? 그리고 갠 아직 애인도 없는걸요."

"그래? 근데 걔가 왜?"

"히힛, 사실 정숙이가 늦둥이거든요."

"어! 늦둥이였어?"

"엄마가 마흔여덟 살에 낳는 바람에 걔 큰언니하고 나이 차가 많이 나거든요."

"그럴 수도 있지. 옛말에 엄마 배 속에 든 형은 없어도 할아버지는 있다고 하지 않냐?"

"맞아요. 정숙이가 그런 경우거든요. 큰언니가 낳은 딸이 정숙이보다 두 살이나 더 많대요."

"하하핫, 재밌는 집안이네."

"호홋. 하지만 정숙이 입장은 절대 재미있거나 웃을 일이 아니라는 거죠."

"아니 왜?"

"어릴 때 조카한테 엄청 맞으면서 컸대요."

"그야…… 어릴 때는 이모로 여기는 것보다 또래로 보니 그럴 수도 있지."

또 있다. 아린아이의 경우 고작 한 달 차이가 나더라도 힘의 논리가 적용되는 시기라 그런 면은 더하다.

"정숙이도 거기까지는 이해한다고 했어요. 그런데 커서도 이름을 마구 부르면서 막무가내로 대하니까 스트레스가 이만저만 아닌가 봐요."

"헐, 어른들이 그런 꼴을 두고 본단 말이야?"

"주의를 주긴 하죠. 하지만 그때뿐이래요."

"그건 애초에 가정교육이 잘못된 거다. 나이는 어려도 이모잖아?"

"그렇죠. 정숙이가 얼마나 싫었으면 요즘은 조카를 슬슬 피해 다닌다니까요. 집에 오는 것도 싫어서 그럴 때마다 친구 집에 가서 잔대요. 나한테도 얼마나 부탁했는지 알아요?"

듣고 보니 스트레스가 이만저만 아니겠다.

"데리고 오지 그랬어?"

"걔가 와도 잘 데가 있어야 말이죠."

그러했다.

담용이 거실에서 잠을 자야 했던 살림살이였으니 데려오고 싶어도 못 했을 것이다.

"근데 여태 네가 한 얘기의 골자가 뭐냐? 내게 뭘 말하고 싶은 건데?"

"히힛, 오빠가 저보다 먼저 결혼해야 그런 현상이 안 생긴다는 거예요."

"엥? 그건 또 뭔 소리냐?"

"생각을 해 봐요. 동생인 제가 먼저 결혼해서 애를 낳으면 늦게 낳은 오빠 애한테 형이나 누나, 언니 소릴 들을 것 아녜요?"

'잉?'

혜린의 말을 순간 이해하지 못한 담용이 잠시 눈알을 굴리더니 '아!' 소리를 냈다.

"그렇군. 무슨 말인지 알겠다."

딴은 그럴 수도 있겠다 싶었던 담용이 새삼스레 크게 고개를 끄덕이고는 말했다.

"그러니까 이 오빠가 먼저 결혼해서 애를 낳아야 집안의 위계질서가 선다 이 말이지?"

"히힛, 바로 그거예요."

"참나, 그게 그렇게 중요하냐?"

"정숙이를 보니 저절로 그런 생각이 들더라고요. 친구가 그러는 걸 보니 저도 그런 게 싫어지더라구요. 아무튼 전 오빠가 애를 낳기 전에는 안 낳을 거니까 그렇게 아세요."

"하하핫, 그것도 협박이라고 하는 거냐?"

"협박은 무슨……."

가자미눈으로 살짝 째린 혜린이 한 발짝 더 다가서더니 소곤거렸다.

"참, 오빠."

"또 할 말이 있어?"

"언니한테……."

현관문 쪽을 슬쩍 바라본 혜린이 입술을 달싹였다.

"언니한테 프러포즈는 했어요?"

"프러포즈?"

'쩝, 왜 생각을 안 했겠어? 그러지 않아도 고민 중이구만.'

그 이유는 요즘 프러포즈 이벤트가 횡행할 만큼 대세였기 때문이었다.

그것도 기발한 아이디어로 이벤트를 열어 프러포즈하는 젊은이들이 대부분이라 담용도 편승하지 않을 수 없어 어찌해야 하나 하고 은근히 고민해 오고 있던 차였다.

"에구, 표정을 보니 아직 안 했네 뭐."

"그거 꼭 해야 하는 거냐?"

"어머머! 멋없어라. 어쩜 구세대같이 그런 말을? 행여 언니에게는 그런 내색하지 말아요. 알았죠?"

"쩝, 하지 않으마."

"그거 요즘 결혼을 앞둔 젊은이들의 문화 콘텐츠가 된 지 오래라고요."

"꼭 해야 한다는 말이네."

"그럼요. 프러포즈를 안 하고 결혼하면 아마 두고두고 구박받을걸요."

"정인 씨는 안 그럴 거다."

"피이, 아무튼 정 안 되겠다 싶으면 제게 얘기해요, 도와줄 테니까. 알았죠?"

"아, 알았다."

"근데요. 언니가 요즘 무지 예뻐진 것 같아요. 아마 어디서 집중적으로 관리를 받나 봐요."

"짜샤, 원래부터 예뻤어."

"붸엑. 아무튼 피부도 뽀얘지고 얼굴에서 광이 날 정도예요. 비결을 물어도 말을 안 하더라구요, 칫!"

"화장품을 바꿨겠지. 내가 물어보고 알려 주마. 아니, 사다 줄게."

"진짜?"

"그래. 근데 안 가도 되냐?"

"옴마나, 늦었다. 먼저 갈 테니 금방 오세요."

후다닥.

뒤늦게야 꽁지에 불이 붙은 양 달아나듯 대문 밖으로 사라지는 혜린이다.

"푸훗! 녀석."

보풀 웃음을 띤 담용이 현관문을 열고 들어섰다.

"어머! 오셨어요?"

앞치마를 두른 채 청소기를 끌고 나오던 정인이 담용을 보고 활짝 웃었다.

그 순간, 신발을 벗으려던 담용이 휘둥그레진 눈을 하고는 그대로 얼음이 되어 버렸다.

'헛!'

내심 헛바람을 불어 낸 담용은 며칠 전보다 백배는 더 아름다워진 것 같은 정인의 모습에 멍한 표정을 지었다.

혜린의 말처럼 정인의 얼굴에서 빛이 나는 것만 같아 눈이 부신다는 착각이 들었다.

마치 장점은 화악 부각시키고 단점은 꽁꽁 숨겨 버린 고가의 상품처럼 절대의 미모가 거기에 있었다.

'정말 정인 씨 맞아?'

자신의 눈을 의심한 담용이 눈을 한껏 좁히고 쳐다볼 때, 어느새 쪼르르 다가온 정인이 살포시 안겼다.

순간, 옅고 기분 좋은 레몬 향이 코로 들어왔다.

언제나 거리를 살짝 뒀던 이전과는 다른 행동이라 어리둥절하기도 했지만 담용은 잠시 레몬 향에 취했다.

"아이, 뭐 해요, 들어오지 않고……."

이것도 전에 없었던 '애교빵'이다.

그래서 백만분의 1 확률도 없다는 것을 알면서도 의심이 확 든다.

"저, 정말 정인 씨 맞아요?"

"어머나! 그게 뭔 소리래요?"

"그죠? 정인 씨가 확실하죠?"

"어머머! 며칠 안 봤다고 못 알아보는 거예요?"

"그럴 리가요? 얼굴이 좀 변한 것 같아서 그래요."

"호호홋, 요즘 와서 그런 말을 자주 들어요."

"성형한 건 아닌 것 같고……."

툭!

"성형은 무슨? 왜 많이 이상해요?"

"아니요. 눈이 부실 정도로 아름다워서 그래요."

"흥, 전에는 안 그랬단 말이네요."

콧방귀를 날리고는 확 돌아서서 팔짱을 끼는 정인이다.

'에구, 이놈의 입초사.'

"하핫, 그런 뜻이 아닌 걸 알잖아요?"

이번에는 담용이 정인을 등 쪽에서 가만히 안았다.

"혜린이의 말이 아니더라도 제가 봐도 달라진 건 맞는 것 같아요. 혹시 그럼 화장품을 바꿨어요?"

"아뇨. 그리고 저 지금 화장 안 한 얼굴인데요?"

"어? 그러네요."

얼핏 봐도 스킨과 로션만 찍어 바른 얼굴이 맞다.

그것도 레몬 향이 함유된 화장품.

그런데도 자체 발광하는 것처럼 광채가 났다. 피부도 우윳빛깔이다. 게다가 한눈에도 탄력이 느껴졌다.

그뿐이 아니다. 머리카락도 윤기가 나고 찰랑찰랑했다.

며칠 전과는 너무도 다른 모습에 환골탈태라도 했나 싶었다.

담용은 사람이 이렇게 변할 수도 있나 싶어 정인을 뜯어보고 또 뜯어보았다.

"아이, 뭘 그렇게 봐요?"

"너무 예뻐서요. 정인 씨는 자신의 얼굴이 좀 달라진 게 아니라 많이 달라졌다고 생각하지 않아요?"

"요즘 저를 보는 사람들마다 그런 말들을 해요. 엄마는 정말 자기 딸이 맞느냐고 자꾸 물어요."

"하핫, 내 눈만 이상한 게 아니었네요. 특별한 비결이라도 있어요?"

"사실 저도 영문을 몰라 무척 당황스러워요. 혹시 호르몬 불균형이 원인인가 싶어서 병원에 가 봤는데, 이상이 없다고 하더라고요. 원인을 알면 엄마나 혜린 아가씨에게 알려 줄 텐데…… 전 정말 알지 못하는데 괜히 오해만 사고 있는 것 같아 마음이 불편하거든요."

'쯧, 여자들이란…….'

젊으나 늙으나 그저 예뻐지는 일이라면 무슨 수라도 동원하는 종족이다.

째고, 찢고, 밀고, 넣고, 심고, 긁고, 쪼개고, 다듬고, 넓히고, 좁히고 등등 죄다 성형에 관한 일이다.

'에구, 많기도 해라.'

"흠, 언제부터 그런 현상이 생겼어요?"

"그게…….'

정인이 말을 못 하고 얼굴만 잔뜩 붉혔다.

"왜 말을 못해요? 갑자기 이런 현상이 생겼다는 건 몸에 이상이 있다는 얘기잖아요. 원인을 알아야…… 읍."

손으로 단용의 입을 막은 정인이 말했다.

"몸은 전혀 이상이 없어요. 단지…….'

"뭔데요? 말을 해 봐요."

"그, 그날 이후로…… 그런 것 같아요."

"그날?"

그날이라니?

담용이 수수께끼 같은 말에 고개를 갸웃했다.

툭!

"바보."

담용의 가슴팍을 때린 정인이 주방으로 달아났다.

'그날이라니? 뭐지?'

수수께끼 같지도 않은 문제를 떠안겨 놓고 달아나는 정인의 뒷모습을 바라보던 담용은 이내 무슨 생각이 났는지 별안간 입을 쩍 벌렸다.

"아!"

퍼뜩 떠오른 것은 정인과 함께 밤을 보냈던 날 있었던 하룻밤의 정사였다.

정인의 입에서 '그날'이라는 말이 나왔다면 그때밖에는 없었기 때문이었다.

'그렇다면 차크라의 영향?'

절레절레.

그럴 가능성은 없다.

더 생각해 보니 다시 또 수긍이 가는지 고개가 갸우뚱해졌다.

'하! 그럴 수도 있는 건가?'

그렇다면 이게 대체 무슨 조화란 말인가?

만약 사실이라면 충격이 아닐 수 없다.

정인의 몸에 이상이 없다면 믿기지 않는 일이겠지만 그것밖에는 답이 없었다.

그러니 혜린이나 정인의 모친이 아무리 닦달해도 해 줄 말이 없을 수밖에.

'이거…… 연구해 봐야 할 문젠데.'

그런 생각이 들자, 또다시 퍼뜩 아이디어 하나가 뇌를 쳤다. 즉, 뇌리에 전구 하나가 반짝하고 켜진 것이다.

삐걱.

눈을 비비며 잠옷 차림의 혜인이 제 방에서 나왔다.

"큰오빠!"

"어? 일어났냐?"

"언제 왔어요?"

"새벽에."

"헤헷, 내 선물은?"

혜인이 두 손을 내밀며 기대에 찬 눈빛으로 담용을 바라봤다.

"미안. 바빠서 준비 못 했다. 이번에는 돈으로 해결할게."

"뭐, 그것도 좋죠. 얼마 줄 건데요?"

"10만 원."

"콜!"

"녀석."

담용이 혜인의 머리를 흐트려 버렸다.

"근데 왜 거실 한가운데서 멍청히 서 있는 건데요?"

그러고 보니 그랬다.

"운동하고 막 들어와서 그래."

"조금 전에 새언니 목소리를 들은 것 같은데……."

혜인이 목을 죽 빼고 정인을 찾았다.

"지금 주방에서 청소하고 있는 중이다."

"와아, 일찍도 왔네. 역시 큰오빠가 집에 오니까 사람 사는 집 같아요, 히히힛."

"할아버지 댁에 가야 하니 담민이 좀 깨워라."

"큰오빠."

"왜?"

"담민이에게 신경 좀 써요."

"응? 무슨 일 있어?"

"걔 지금 합숙 훈련 중이라고요."

"어? 그래?"

'아, 아, 그렇구나.'

담민이 10월 말에 개최되는 중고등학교추계육상대회를 위해 구슬땀을 흘리고 있을 시기였다.

"나 참, 집안의 가장이 돼서 막내가 뭘 하고 있는지도 모르다니 실망이에요."

"녀석, 미안하다."

"헹."

"합숙 훈련 장소는 학교냐?"

"아뇨, 금요일 오후부터 오늘까지 강화도에서 한 댔어요."

"강화도?"

"네."

"알았다."

'훈련지로 가 봐야겠군.'

그러면 담민이에게 조금이라도 힘이 될 것이다.

"아참, 혜인아."

"네?"

"네가 쓰는 화장품 좀 줘 볼래?"

"바르시게요?"

"어, 좀……."

"이상하네. 큰오빠 화장품이 남아 있는 것 같았는데……
잠시만요."

제 방으로 들어간 혜인이 금세 자신이 쓰고 있는 화장품을
가지고 나왔다.

"하이틴용이라 큰오빠 듬뿍 발라야 할 거예요. 선크림도
꼬옥 바르세요. 아셨죠?"

"어, 그래. 너도 빨리 씻고 나갈 준비해라."

"알았어요."

정인이 쓸고 닦고 한 방이라 깔끔했고, 방 안의 비품과 책
상도 말끔하게 정리되어 있어 기분이 다 흐뭇했다.

동생들이 정리한 것과는 사뭇 다른 기분.

담용은 모두들 이런 맛에 결혼하는가 싶었다.

책상에는 방금 혜인이가 준 로션과 스킨 그리고 선크림이 놓여 있었다.

즉석에서 떠올린 착상이었지만 실험을 해 보고 싶어 가져온 것이다.

이유인즉 꼭 관계를 가져야만 정인이처럼 변하는 게 아닌 것 같아서였다.

하지만 별로 기대는 하지 않았다. 정인의 변화가 꼭 차크라의 영향이란 생각이 강하게 들어서 하는 짓거리지만 증명된 바가 없어서다.

어쩌면 헛짓거리에 불가능한 일인지도 모를 일.

상식적으로도 말이 안 된다는 걸 안다.

그냥 밑져야 본전, 아니면 말고 식의 심심풀이 삼아 해 보는 것이다.

하지만 지금이 아니면 언제 또 이런 마음이 들지 몰라서이기도 했다.

조용히 눈을 감고 차크라를 운기했다.

성주산 수련의 여운이 아직 가시지 않았는지 차크라의 기운은 힘차고 정순했다.

화장품 용기는 셋. 플라스틱 마개는 이미 열어 놓은 상태다.

원형의 병 두 개는 스킨과 로션이었고, 튜브형은 선크림이다.

세 개를 한꺼번에 쥐고는 입구 부분에 손바닥을 갖다 대고 차크라의 나디를 풀었다.

나름대로 정순한 기운을 불어 넣으려 애썼다.

그렇게 2, 3분 정도 지나서 차크라를 거두고 손을 뗐다.

차크라가 정순했기에 시간이 길고 짧고는 그리 중요하지 않다는 생각이었다.

'과연 효과가 있을까?'

밑져야 본전이라고는 여겼지만 한편으로는 은근히 기대를 하는 마음도 있었다.

등 뒤로 방문이 열리는 소리가 들렸다.

"큰오빠, 내 화장품 다 썼어요?"

"어, 그래. 가져가거라."

"헤헷. 냄새가 좀 강하죠?"

"좀…… 그러네."

쓰지도 않고 말하려니 담용의 표정이 묘해졌다.

"제가 하나 사 드릴까요?"

"됐다. 어서 갈 준비나 해라."

"하긴 새언니가 있는데 내가 사 주긴 좀 그러네요."

혀를 날름 내밀어 보인 혜인이 방을 나갔다.

"훗, 효과가 있으면 좋고 아니면 마는 것이지."

화장품을 써 본 혜인이의 반응을 보면 알 수 있는 일이지만, 효과가 있더라도 금세 좋아지지는 않을 것이다.

"오랜만에 바인더북을 한번 볼까?"

혜인이도 여자라 나갈 차비를 하려면 아직 시간이 있다고 여긴 담용이 잠금장치를 풀고 서랍을 열었다.

기억의 저편에서부터 함께해 온 바인더북.

이제는 많은 부분이 틀어지고 변화되어 그 가치가 희석된 바인더북이지만 애착은 남달랐다.

사실 달라진 부분은 거의 대부분이 담용과 가족들 그리고 주변 인물들에 한해서였다.

물론 그 외에도 많겠지만 아직 달라지지 않은 부분은 분명히 있었다.

당연히 담용과 무관한 일들일 것이다.

파락.

오늘 날짜를 폈다.

2000년 10월 1일. 일요일. 맑음.

날씨도 맑은 일요일이지만 상가 분양 때문에 출근했다.

오늘 팀 미팅에서 천동수 팀장에게 꾸중을 들었다.

강남 역삼동 J상가 분양이 저조해서다.

내가 맡은 몫은 아직 하나도 분양되지 않았다. 아니, 못했다.

IMF의 여파가 크다지만 분발해야 한다.

....

일요일임에도 동생들이 모두 집에 있다.

집을 나가면 돈이 들기 때문임을 나는 안다.

생활이 빨리 안정이 됐으면 좋겠다.

....

내일도 그녀를 만날 수 있을까?

'쿡!'

쭈욱 읽어 가던 담용이 마지막 문구를 보고 짤막한 속웃음을 터뜨렸다.

-내일도 그녀를 만날 수 있을까?

단 한 줄기의 이 문구는 이후 전철에서 정인을 볼 수 없을 때까지 2년 내내 빠뜨리지 않고 기록했었다.

'어라? 그러고 보니 분양은 어떻게 됐지?'

기록대로 상가 분양 의뢰가 와서 한창 분양을 하고 있을 때임에도 아무런 통보가 없다는 것이 이상했다.

'알아봐야겠군.'

이건 돈이 된다. 돈이 되는 이유도 잘 알고 있었다.

J상가 건물주가 분양 대행사인 KRA의 상가 분양 부진을 이유로 계약을 파기한 후, 대략 1개월이 지난 뒤에 15층 중 아홉 개 층이 분양되는 뜻밖의 일이 벌어지기 때문이다.

그뿐이 아니라 단기간에 돈을 벌었는지 채 6개월이 지나지 않아서 J빌딩을 완전히 손에 틀어쥔다.

그야말로 엄청난 포식 능력이었다.

당시의 상황은 달랑 은행 하나 임대된 상태라 입주하는 데도 전혀 지장이 없었다.

자금과 운때가 맞춘 듯이 맞물려 돌아간 거래라 할 수 있었다.

상가 분양은 그 특성상 처음에 분양 기반을 조성하는 것에 많은 돈이 투입되기 마련이다.

먼저 상가 분양 계약서 초안을 작성해 건물주와 협의해야 한다.

이후 상가 건물에 대한 세부 사항을 조사하는 것부터 시작해 주변의 여건 등을 세밀히 검토해야 하는 것은 물론, 분양 물건의 위치와 층에 따른 업종 선택 등만 구상하는 데 적지 않는 돈이 들어가기에 그렇다.

아무리 위치가 좋아도 '컨셉'을 잘못 잡으면 분양하기가 지난해진다.

업종이 정해지면 주변의 유사한 위치의 업종 가격을 책정하게 되는데, 여기서 건물주와의 갈등이 시작된다.

분양 대행사는 분양가를 주변 시세보다 조금이라도 낮게 책정하여 빨리 끝내려 하는 것이 보통인데, 건물주의 경우는 그렇지 않다는 것이 갈등의 원인이다.

건물주와의 최종 협의가 끝나는 대로 분양에 관한 제반 필요 여건을 갖추어 비로소 영업에 들어가게 되는 것이다.

영업 방법도 다양하다.

전단을 들고 수요자를 찾아다니는 필드 영업이 있고, 고객을 마냥 기다리는 거리의 파라솔 영업 그리고 일간신문에 전단을 끼워 넣어서 광고하거나 가망 고객 우편 DM 발송 등이 있다.

거기에 타 상가 건물 분양과 경쟁까지 해야 하는 이중고에 시달려야 한다.

결코 쉽다고 볼 수 없는 상가 분양인 것이다.

기억의 저편에서 담용은 파라솔 영업으로 길거리에서 하루 종일 자동차 매연을 원없이 들이켜야 했다.

'거기가 다단계 회사였지 아마?'

건물 매입자는 담용이 회사 이름까지 아는 일종의 다단계 회사였다.

뭐, 그들 말로는 네트워크 마케팅 회사라 했지만, 결국 다단계를 순화한 명칭일 뿐이다.

깊이 들어가 보면 다를지 몰라도 당시 담용이 아는 상식은 딱 거기까지였다.

'이건 월요일에 가서 물어보고 해결하면 되겠군.'

오늘 바인더북을 펼쳐 보지 않았으면 그냥 지나치고 말았을 일이라 담용은 가슴을 쓸어내렸다.

'앞으로 자주 들여다봐야겠구나.'

파락.

2000년 10월 2일 월요일.

상가에 관심을 보이는 고객이 방문했다.

열심히 설명했지만 심드렁한 표정이다.

상가 중 요지가 되는 자리를 원했지만, 이미 분양된 상태였기에 그냥 보낼 수밖에 없었다.

그래도 전화번호는 따서 만족한다.

010-232-○○○○ 김수호 사장.

……

내일도 그녀를 만날 수 있을까?

파락.

"헐, 개천절에도 출근했었네."

씁쓸한 마음으로 다음 장을 펼쳤다. 내용은 별것 없었다.

'쩝, 이제는 필요 없는 일기장이 되어 버렸군.'

그래도 새삼 돌이켜 보는 추억의 일기장으로 인해 잔잔한 감동이 일었다.

동시에 가슴 아릿한 감정의 물결도 함께 춤췄다.

센티해져 버린 감정 탓인지 감동과 아릿함이 실내를 둥둥 떠다니는 기분이었다.

파락. 파라락.

건성으로 훑으며 몇 장을 더 넘겼다.

역시 별다른 특이 사항은 없었다.

있다면 전세나 월세 같은 자잘한 부동산을 엮어 보려고 애쓰는 나날의 연속.

기억나는 내용도 있고 더러는 잊거나 가물가물한 내용도 있었지만, 절로 눈살이 찌푸려지는 것은 어쩔 수 없었다.

아무리 생활고가 원인이라지만 조그만 일에 노여워하고 두려워하는 일상들이 마음에 내키지 않았다.

'하! 내가 이렇게 좀생이였나?'

내용을 들여다보니 기도 차지 않았다.

담용은 그 스스로를 천성적으로 선이 굵은 성격이 아니라고 여겨 왔다. 그렇다고 가늘다고 하기도 어렵다.

지금은 오히려 대범한 편에 속했다. 국정원의 일은 제외지만.

파락.

조금은 신경질적으로 낱장을 넘겼다.

"어?"

쭉 읽어 내려가다가 드물게도 기억에 또렷한 내용이 눈에
들어왔다.

2000년 10월 9일. 월요일. 비.

......

오늘 군용헬기가 추락했다.

장소는 강원도 홍천군 남면 시동 4리 청아목장 뒷산.

육군항공대 소속 500MD 헬기다.

아까운 인재 두 명이 사망.

아마도 악천후 때문이리라.

꼭 비행을 했어야 했나?

고인의 명복을 빈다.

오늘도 그녀를 만날 수 있을까?

"아! 맞다! 한 소령에게 이때쯤 일어날 일을 알려 준다고
했었지."

바인더북을 펼쳐 보지 않았더라면 모르고 넘어갈 뻔했다.

그야말로 우연이다. 아니, 필연인가?

'전화를 해 줘야겠구나.'

시기를 놓쳤다간 아까운 생명이 사라질 것이다. 막아야 했
다.

휴대폰을 들고 저장된 번호를 찾아 전화를 걸었다.

신호음이 가고 곧 전화를 받는 소음이 들렸다.

－통신보안, 국방부예산운용담당부서의 한정희 소령입니다.

'어? 직접 받네.'

여느 때처럼 여군의 음성을 기대했던 담용이 얼른 입을 열었다.

"한 소령님, 육담용입니다."

－예?

"육담용이라고요. 그새 잊었나 봅니다, 하하핫."

－아, 아, 아! 육담용 씨! 아이구, 반갑습니다.

"하핫, 잘 지내셨습니까?"

－그럼요. 덕분에. 이거 전화를 드린다 해 놓고 차일피일 미루다 보니…… 죄송하게 됐습니다.

"왜요? 제게 볼일이 있었습니까?"

－아, 인사를 드려야 할 일이 있어서요.

"예? 뭘……?"

－하핫, 지난 블랙먼데이 때 말입니다.

"아, 아, 그 말씀을 하는 걸 보니, 시키는 대로 하셨군요."

군용 전화라 한소령이 직접 언급하지 않아도 담용은 무슨 뜻으로 하는 말인지 이해했다.

말인즉 지난 5월 블랙먼데이가 닥치기 전에 가지고 있던 주식을 전부 처분했다는 얘기다.

달리 말하면 피해를 입지 않았다는 뜻.

―예. 집사람이 큰일 날 뻔했다고 하더군요. 그리고 나더러 어떻게 알았냐고 묻는데, 얼버무리느라 혼났습니다. 하하핫, 아무튼 감사 인사를 해야 하는데…… 미안합니다.

"괜찮으니 마음에 두지 마십시오. 어쨌든 다행입니다."

―하핫, 예. 근데 오늘은 제게 볼일 있어서 전화를 한 겁니까?

"예. 이전에 한 소령님께 말씀드린 적이 있는 사건에 대해 알려 드리려고요."

―예? 그런 적이 있었습니까?

"뭐, 오래됐으니 잊었을 수도 있겠네요. 워낙 바쁘시잖아요?"

―이거 죄송합니다. 내용이 뭡니까?

"헬기가 추락하는 내용입니다."

―예에! 헤, 헬기가 추락한다고요?

"아마도요. 날짜는 10월 9일 한글날이고요. 그날 강풍을 동반한 비가 억수같이 쏟아질 겁니다."

―헉! 어, 어딥니까? 아, 아니. 공군입니까, 육군입니까?

휴대폰 너머로 무척이나 당황해하는 한 소령의 격한 음성이 들려왔다.

"공군이든 육군이든 그 날짜에 훈련이나 비행 계획이 있는 부대를 점검해 보시면 아시겠지요."

육군항공대였지만 그것까지 말할 수는 없었다.

─자, 장소는요?

"정확한 지점은 알 수 없습니다만 산이 높고 골짜기가 깊은 걸 보면 강원도로 여겨집니다. 아! 헬기가 추락한 곳에서 목장이 보였던 것 같았습니다."

─가, 강원도…… 모, 목장. 그리고 또 없습니까?

이제는 의심도 하지 않고 되묻기에 바쁜 한 소령이다.

"글쎄요…… 아! 사망한 사람이 두 명이었습니다."

─허헛! 주, 죽었다고요?

"확실히요."

─내용이 더 있으면 말해 주십시오.

"제가 아는 건 그게 전붑니다."

─아, 예. 근데 이번에도 조상님이……?

"전번 경험도 있으니 그런 건 이제 묻지 마십시오."

─그, 그러죠. 아무튼 또 이렇게 전화로 알려 주셔서 감사드립니다.

"별말씀을요. 아, 한 가지 명심할 것이 있습니다."

─뭡니까?

"10월 9일 날 전국에 걸쳐 비가 오는지는 잘 모르니 기상청에 문의해서 참고하시기 바랍니다."

─그러니까 헬기가 추락한 지역만 비가 올 수도 있다는 거

군요.

"그렇죠. 원인이 지역성 돌풍으로 인한 것일 수도 있고요."

이쯤이면 말 다 한 거다.

―예. 잘 알겠습니다.

"수고하십시오."

―감사합니다. 일간 한번 뵙도록 하겠습니다.

"하핫, 기다리지요."

탁!

"이건 됐고……. 얼라? 시간이 벌써 이렇게 됐나?"

탁상시계가 오전 7시 40분을 가리키고 있었다.

"에구, 늦었다."

운동을 하고 와서 아직 씻지도 않은 상태라 담용이 허둥지둥 방을 나갔다.

"큰오빠, 나더러 빨리 준비하라면서 왜 이리 늦어요?"

"어? 미, 미안."

"후후훗, 빨리 씻고 나오세요."

혜인이 허리에 손을 짚고 노려보는 모습이 우스웠던지 정인이 손을 가리고 웃어 댔다.

허둥거리며 화장실로 향하던 담용은 혜인의 얼굴에 변화가 없다는 것을 알았다.

'효과가 없는 건가?'

하기야 효과가 있다고 해도 단박에 표가 나지는 않을 것이
다.

프리랜서가 되다

강화도 동막.

동막은 강화도 남부에 위치해 있다.

담용은 자신의 애마에 기대어 바닷물이 빠져 온전히 드러나 있는 갯벌을 바라보고 서 있었다.

박무일 코치와의 전화통화에서 30분쯤 후에 도착한다는 지점이 바로 담용이 서 있는 자리여서 애마를 멈춘 것이다.

'좋군.'

남부해안도로라고 하기에는 조금 애매한 좁은 도로지만, 차량이 비켜 갈 수 있을 정도는 돼서 느긋하게 구경할 수 있었다.

더 넓게 펼쳐진 갯벌을 바라보다 보니 문득 생각나는 것이 한국의 갯벌이 세계 5대 갯벌 중에 하나라는 점이었다.

기억의 전도체를 건드려 보니 새삼 갯벌의 중요성이 엄청나다는 것을 떠올릴 수 있었다.

갯벌 생명체들의 서식처, 자연정화의 산실, 자연재해의 예방, 기후 보전의 기능 등등.

그야말로 가치를 매길 수 없는 자연유산이 아닐 수 없다.

그런데 간척지 개발로 몸살을 앓는 것은 물론 갯벌의 면적이 점점 줄어든다는 점이 못내 아쉽다.

국가의 정책을 한 개인이 어찌할 수 있는 것도 아니어서 담용이 할 일은 없다.

설사 잘못되더라도 모두들 똑똑하고 공부도 많이 한 사람들이 결정한 것을 어찌할 수도 없는 일이다.

다만 시행착오를 하더라도 최대한 자연을 파괴시키지 않는 선에서 시행됐으면 하는 바람이었다.

'쩝, 국정원 물을 먹어 봤다고 생각의 폭이 좀 넓어진 건가?'

괜히 머쓱해질 때, '우웅' 하고 휴대폰이 울었다.

'응?'

최형만 차장의 전화였다.

'받어, 말어?'

잠시지만 갈등이 됐다.

사직서를 안가 침상에 두고 온 터여서 그랬다.

'받자, 피할 이유가 없잖아?'

폴더를 열고 수신 버튼을 눌렀다.

"육담용입니다."

-날세.

"예, 차장님."

-몸도 좋지 않은 사람이 그렇게 사라지는 법이 어딨나? 걱정하였네.

"제 괴물적인 회복력을 아시잖습니까? 번거롭게 하기도 싫었고 실험체 같은 눈으로 보는 것이 언짢기도 해서요. 무엇보다 마음이 불편해서 못 있겠더라고요."

-그렇더라도 제대로 치료를 받아야 회복 속도가 빠를 것 아닌가?

"지인 중에 의사가 있어 도움을 받고 있는 중입니다."

-도움이 필요하면 언제든 말하게.

"너무 마음 쓰지 마십시오. 움직일 정도는 되니까요."

-사직서는 찢어 버렸네.

'이 양반이!'

대뜸 하는 소리가 영 마뜩지 않아 인상부터 구겼다.

"그런다고 제 마음이 변하는 일은 없을 겁니다."

-어느 국가든 인재를 방치하는 일은 없다네.

"……?"

말을 계속하라는 듯 담용이 입을 다물었다.

-우리가 졌네. 50퍼센트 가져가게.

'어라? 웬일이지?'

이건 싫고 좋고의 문제를 떠난 것이라 담용이 입을 뗐다.

"그 문제는 받아들이겠습니다만……."

-아, 아, 프리랜서 말이지. 그것도 허락함세.

"……!"

-그 대신에…….

하긴 조건이 없을 수가 없겠지.

-임무가 떨어지면 최우선으로 일해 주게.

"…….."

-왜 말이 없나?

"별로 내키지 않아서요."

-원하는 게 있으면 말하게.

"프리랜서일 뿐인데요."

돈을 받은 만큼 일하는 직업이 프리랜서이니 요구할 것이, 아니 요구할 자격이 없다.

더구나 소속을 떠난 상황에서 뭔 요구를 하라고?

-아, 직책과 직급은 그대로 유효하네.

신분은 이전 그대로라는 뜻.

'이건 또 뭔 소리지?'

"에? 그래도 되는 겁니까?"

의외였던지 담용이 살짝 놀랐다.

말인즉 OP요원, 국정원 요원, 코드네임 제로벡터, 건설교통부 운영담당관, 이 모두 유효하다는 뜻이니 놀랍지 않은가?

새삼 초능력자의 위력이 대단하다고 느꼈다.

－세 개 부서 차장들의 중론이니 믿어도 되네.

사실 국정원의 핵심이 세 부서의 차장들이었으니 확실히 결정이 났다고 해도 과언은 아니다.

그리고 여기서 더 뻗대면 모양새가 좋지 않다. 얻을 것을 얻었으면 하나쯤 줄 줄도 알아야 한다.

"새로 발족할 팀은요?"

도감청 때문에 송수명의 이름을 밝힐 수가 없어 그렇게 물을 수밖에 없다.

－자금이 마련되는 대로 발족할 걸세. 하지만 그들은 조연일 뿐이고 자네가 주인공이니 그리 알게나.

담용의 참여가 없다면 팀 자체가 의미가 없다는 얘기다.

'헐, 부담을 팍팍 주는구만.'

얻었다 싶었더니 그게 아닌 것 같다.

외려 머리에는 칼을, 다리에는 차꼬를 찬 기분이다.

아울러 더 바빠질 것 같은 예감이다.

'이건 확실히 해 둬야 돼.'

계약서가 없다는 것은 무한책임이 따른다는 말과 진배없어서다.

"차장님, 주인공이라면 너무 바쁘지 않을까요?"

여태껏 꼬장꼬장했으니 양보(?)를 받은 지금은 말투를 조금 순화할 필요가 있어 부드럽게 말했다.

–당분간은 바쁠 일이 없네. 아! 딱 한 가지 일이 급하긴 한데, 그것도 자네가 들어 보고 결정하게. 이제부터는 강제로 등을 떠미는 일 따위는 없을 테니까.

'잉? 이게 다 뭔 소리라나?'

너무 많은 양보를 받다 보니 살짝 불안하다.

"이거 녹음해 놓지 않았다고 딴말하기 없깁니다."

–내가 다른 건 다 제쳐 두고 자네한테만은 인상 좋은 늙은이로 남고 싶은 마음일세. 자네가 나 밉다고 뒤통수를 때리면 하소연할 곳이 없잖나?

"에이, 아무리 제가 차장님을……."

'아놔, 농담이야, 진담이야?'

말하는 투가 농담인 것도 같고 진담인 것도 같아 구분이 되질 않았다.

–허허헛.

'쯧, 농담이네.'

"그래도 제게 잘 보이셔요, 끝까지요."

–그럴 생각이네. 아, 브라보팀은 언제든 자네가 운용하도록 하게.

"어? 정말입니까?"

정광수 팀장을 비롯한 팀원들과 함께할 수 있다는 말. 듣던 중 반가운 소리라 저도 모르게 반색하는 담용이다.

－거짓말을 해서 뭐하게. 그런데 싫지 않은 음성인 걸 보니 은근히 기다렸던 것 같군.

'그런 거 아니거든요.'

반사적으로 반응한 것일 뿐 내심과는 전혀 엉뚱한 말이라 무시하고 물었다.

"평소에는 뭘 하고요?"

－실력을 갈고닦는 것도 중요한 일이라네. 혈세를 놈팡이들에게 그저 내줄 수는 없지 않겠나?

"그, 그렇죠."

그 말을 들으니 조금 찔린다.

그러고 보니 이 양반, 이거 어째 나 들으라고 하는 소리인 것 같다.

국정원에 대해서만큼은 쪼잔한 내가 확인하지 않을 수 없다.

"그 말씀 저보고 한 건 아니지요?"

－어허! 천만에. 브라보팀에게 한 말일세.

"그러시다면 뭐……."

－그래서 지금 임무를 수행하고 있는 중이네.

"임무요?"

휴식도 없이 곧바로 투입시켜야 할 임무가 있었나?

'젠장, 시킨 일이 있는데…….'

지리산에서 돌아온 후, 브라보팀에 다소 급하지 않은 일을 부탁했었다. 그런데 임무에 투입됐다고 하니 뻘쭘해졌다.

뭐, 아는 게 별로 없는 그가 할 말은 아니지만, 너무 혹사하는 것만 같아 물었다.

"임무가 뭡니까?"

-관심이 있으면 연락해 보게.

'쿵, 하여간 늙은 생강 아니랄까 봐.'

부탁한 것도 있고 해서 그러지 않아도 연락을 해 보긴 해야 할 것 같다.

"한 가지 여쭤 봐도 됩니까?"

-말하게.

"왜 이토록 양보하는 겁니까?"

-국보니까.

'윽, 당했다.'

그 한마디가 따발총으로 수백 발을 얻어맞은 것보다 더 큰 충격으로 다가왔다.

더하여 여태껏 담용은 철없이 짓까분 셈이 됐고, 국정원은 마음 넉넉한 대인배가 되어 버렸다.

"저, 정말입니까?"

-물을 걸 묻게나. 다음 질문?

"어, 없습니다."

케이오를 당한 상태에서 더 무슨 할 말이 있겠어?

─아, 한 가지 더 있네.

"……?"

─출근은 하지 않아도 되네.

"아예 내쳐 버리는 게 낫겠네요."

─그렇다고 방목하는 건 아니니 안심하지는 말게. 가끔 얼굴을 비쳐 줘야 할 걸세. 또 언제든 필요하면 역할을 해 줘야 하지 않나? 변한 건 없네. 자네가 하던 일을 계속하되 협조가 필요하면 조 과장에게 연락하게. 웬만하면 다 들어줄 테니까.

조 과장은 조재춘으로 최형만 차장의 직속 부하다. 이 말은 최형만 차장이 담용을 전적으로 맡았다는 뜻이기도 했다.

정말 파격적인 제안이 아닐 수 없다.

그래서 더 불안했다.

"아! 대체 왜 그러시는 겁니까?"

─국보니까.

'아, 듣기 싫어.'

그 한마디가 어째 족쇄인 것만 같아서다.

어디 초능력자 한 명 더 없나?

배부른 소리같이 들리겠지만 정작 당사자는 엄청난 부담이라는 걸 담용의 입장이 되어 보지 않으면 모른다.

국가가 혹은 다른 누군가가 할 수 없는 일을 오롯이 홀로 감내해야 한다면 고문이 되는 것이다.

　─그리고 조만간 대덕에서 한바탕해야 할 것이네.

　"그야……."

　야쿠자 자금을 탈취하는 일을 두고 하는 말임을 어찌 모를까.

　담용 역시 초미의 관심사이기에 기다리고 있는 판국이었다.

　다시 말해 야쿠자의 자금이 대덕산업단지에 숨겨져 있었던 것이다.

　"차장님, 근데 왜 이리 오래 걸리는 겁니까?"

　─왜? 돈이 급한가?

　"돈을 싫어하는 사람이 있습니까?"

　─조금 더 기다려야겠네. 의외의 일이 발생해서 그러니까.

　"예? 그게 무슨 말입니까?"

　─자네…… 달걀을 한 바구니에 담지 말라는 말을 이해하나?

　"알고 있습니다만……."

　─그런 이치라네.

　'뭐야, 숨겨 둔 곳이 한 군데가 아니라는 거잖아?'

　담용의 추측이 맞았는지 곧바로 인정하는 말을 해 왔다.

　─지금 다른 은닉처를 찾고 있는 중이라 시일이 조금 더 필요하다네.

"여러 군데로 분산해 놨을 수도 있지 않겠습니까?"

-그러지 않아도 그 점을 감안해서 찾고 있네.

'젠장, 차질이 오겠는걸.'

계획하고 있는 일이 원만하게 이루어지지 않을 수도 있다는 것이 살짝 염려가 됐다.

"쉽지 않겠습니다."

-원래부터 쉬운 일은 없었네. 극복해야 할 일은 있을지 몰라도.

역시 맞는 말이다. 세상사가 다 그렇지 않은가?

"도움이…… 필요하면 말씀하십시오."

-허허헛. 대화 중 가장 듣고 싶었던 말이군. 알았네. 그 부분은 준비가 되는 대로 연락함세.

아마 은닉처를 찾는 것도 그렇지만 다른 준비할 것도 많을 것이다.

여하히 찾는다 하더라도 무려 666팔레트나 되는 엄청난 양이다.

탈취하는 것도 용이하지 않겠지만, 그걸 옮기려고 해도 고려해야 할 것이 수도 없이 많다.

거기에 돈세탁까지 하려면 은밀하고도 치밀한 준비가 필요했다.

야쿠자들도 이전의 경험이 있어 단단히 채비를 하고 있을 것이라 거기에 대한 준비도 있어야 했다.

"저기…… 대덕산업단지 이사장은 어떻게 됐습니까?"

친일파들의 모임인 중추원 멤버라 전번 우이동 회합에 참석했다고 해서 묻는 말이다.

─경상이라 업무에 복귀했다고 하더군.

"명줄이 질긴 사람이로군요."

─자네가 또 조져 버리면 되지 뭘 걱정인가?

'말도 참 쉽게 한다. 내가 무슨 도깨비 방망인가? 뭐, 안 그래도 그럴 생각이긴 했지만.'

"기회가 온다면요."

─더 할 말이 없으면 이만 끊음세. 나머지 자세한 내용은 조 과장과 얘기하게.

"아, 잠깐만요."

─왜? 할 말이 있으면 하게.

"어제부로 시한을 넘긴 것 같은데, 어떻게 됐습니까?"

송수명과 관계된 중국과의 일을 말함이다.

─중국?

"예."

─더 고민하는 모습을 보여 주기 위해 시한의 연장을 요구했네.

"뭐래요?"

─연락을 주겠다고만 하고 끊더군.

"풋! 어떻게 보십니까?"

－말할 것 있나? 시일을 끌어 그 안에 어떤 식으로든 해결을 보겠다는 속셈이겠지.

"어떻게 나올 것 같습니까?"

일을 벌인 직접 당사자이다 보니 묻는 것이다.

－면적이 큰 만큼 대인배가 되지 못하고 의외로 밴댕이 소갈딱지 같은 중국이네. 속이 엉큼하기도 하지. 그리고 국제 간에 벌어지는 사안에 대해서는 항상 뒷북을 치거나 아니면 딴죽을 걸지. 그게 안 되면 이도저도 아닌 물렁팥죽식으로 본질을 흐리려고 하는 게 특기니, 그냥 없었던 일로 나올 공산이 크네.

"사람의 목숨이 달려 있는데도요?"

－뭐, 하나쯤 내놓으리라 여기네만, 큰 기대는 하지 않네. 중국은 항상 우리를 마작판의 패로 여기니 말일세.

'지랄.'

무슨 일이든 북한을 끼워 넣어 자기들에게 이롭도록 요리하는 중국의 작태에 절로 욕이 나왔다.

최형만이 순화해서 뱉은 말이지만, 중국은 한국을 거래나 흥정의 대상 자체로 여기지 않는다는 얘기다.

한마디로 언제든 갖고 논다는 뜻.

"본때를 보여 줘야겠군요."

받은 게 적지 않으니 그냥 하는 말은 아니었다.

－허허헛, 듣던 중 반가운 소리군.

"지금은 미뤄 둔 업무가 많아 곤란하고요. 나중이라도 중국에 일이 있게 되면 한번 가 보지요. 그때는……. 아, 이번 일이 맘에 들지 않을 경우 제 맘대로 한번 휘저어 보지요."

이건 진심이다.

초능력자를 보유한 나라가 어떤 위력을 가졌는지 본때를 보여 줄 필요가 있었다.

뭐, 테러 단체처럼 '대한민국이 한 짓이다.'라고 말하기는 어렵겠지만.

-허허헛. 기대가 되는군. 이거 가장 효과적인 것이 뭔지 연구를 해 놔야겠어.

"그러시든지요."

-그래도 하나 건졌군. 자네 맘이 변하기 전에 끊겠네.

"예, 들어가십시오."

탁.

담용은 국정원에서 무슨 음모를 꾸미든지 관심이 없다. 어차피 이리된 것, 까라면 까면 된다.

몇 번 같이 흙탕물에 뒹굴었다고 정광수팀이 궁금할 뿐이다.

"젠장, 연락해 보라니까 더 궁금하네."

아직 연락할 때는 아니었지만 그놈의 정이 뭔지, 결국 전화를 하고야 말았다.

-담당관님, 정 팀장입니다.

국정원에서 유일하게 반가운 목소리라면 정광수 팀장일 것이다. 정광수 팀장도 담용의 마음과 다름없었던지 목소리 부터 달랐다.

"어딥니까?"

인천차이나타운입니다.

"인천차이나타운요?"

예, 그 왜 중국 음식집이 많은 곳 말입니다. 팀원들과 거기에 와 있습니다.

"거긴 왜요?"

AP요원에게서 정보를 입수한 게 있어서요.

"그 정보가 혹시……."

예, 짐작하시는 대롭니다.

"하면 야쿠자들이 기습을 한다는 겁니까?"

당연한 추측이었다.

인천차이나타운이 중국인 집단 거주 지역이다 보니 야쿠자들을 급습했던 흑사회 멤버들이 머물고 있을 확률이 컸다.

맞습니다.

"지금은 어떤 상황이죠?"

하핫, 언제 기습하는지는 저희도 정보가 없어서 마냥 기다리고 있는 중입니다.

"그렇군요. 그럼 제가 부탁한 일은 어떻게……?"

아! 중추회 사무실 감시와 백광INC 말입니까?

종로에 사무실을 두고 있는 중추회를 감시하라고 한 것은 껍데기까지 벗겨 버릴 심산이기 때문이다.

백광INC.

사장은 백성열이고, IT 업체를 경영하던 작자다.

한마디로 말하면 패 죽일 놈이다.

그 이유는 다름 아닌 공적 자금을 받은 이후, 곧바로 부도를 내고 회사 문을 닫아 버렸기 때문이다.

정부에서 공적 자금으로 지원받은 액수는 180억 원.

당연히 부도를 낸 탓에 실형 선고를 받았다.

그런데 경제사범이 대개 그렇듯 형량이 너무 약했다.

실형은 고작 2년을 언도받았다.

180억 원이란 금액에 비하면 새 발의 피인 셈.

그런데 이놈은 감방에 들어간 지 불과 8개월 만에 석방됐다.

집행유예를 받았는지 어쨌는지는 모르지만, 최고의 변호사를 선임한 결과일 것이다.

지금은 아마 떵떵거리며 거리를 활보하고 있을 것이다.

뭐, 백성열 혼자 꿀꺽하지 않았을 것은 누구나 짐작할 수 있는 일이다.

혹자들은 재미 삼아 말한다.

―한탕 크게 해 먹고 감방에서 조금 살다가 나오면 돼. 그

돈으로 평생 잘 먹고 잘 살면 장땡 아냐?

이거…… 참말로 머리가 좀 어떻게 된 작자들의 그릇된 배포다.

그런데 대부분 머리가 좋고 똑똑한 놈들이 이런 짓거리를 한다는 점이 그를 슬프게 했다.

백성열 역시 그런 부류였다.

기억의 저편에서는 그걸 알고 있으면서도 그저 멍하니 바라보고만 있어야 했다.

아니, 나서서 뭐라고 말할 아무런 능력이 없었다고 보면 맞다.

하지만 지금은 아니다.

국가가 나서지 않는다면 자신이라도 나서서 철퇴를 가해야 한다.

기실 다 몰라서 그렇지 이런 놈들이 의외로 많다.

국민의 혈세로 만든 공적 자금이 애먼 놈들의 주머니만 불려 주고 있음을 안다면……!

나머지는 말을 말하지 않아도 다 짐작할 것이다.

ㅡ여보세요?

아차, 생각이 너무 길었다.

"예. 듣고 있습니다."

ㅡ하핫, 전 또……. 거긴 구동기 요원과 최갑식 요원이 가

있습니다.

"뭐라도 들은 게 있습니까?"

─중추회는 아직이고요, 백광INC는 백성열의 동선만 체크하고 있다더군요.

"뭘 하고 다닌답니까?"

─뻔하잖습니까.

하긴 묻는 내가 멍청이다.

"중추회는 시간이 조금 더 필요하겠군요."

─거긴 조금 더 기다려야 할 겁니다. 수뇌부가 거의 죽거나 중상이라 업무가 마비되어 구 요원도 조금 헷갈려 하는 것 같았으니까요.

"기다리죠, 뭐."

─아참! 담당관님, 염곡동에서 사로잡았던 닌자들 말입니다.

"아, 놈들의 목적이 뭔지 실토를 했습니까?"

짐작은 하지만 확실한 게 없어 심문을 하고 있는 중이었고, 그 배후가 누군지 알아야 했다.

─그럴 리가요. AP요원이 알아낸 바에 의하면 이름이 나루세와 아라키랍니다. 두목은 무라카미이고요.

'그 녀석이 무라카미였군.'

광화문에 있는 도해합명회사의 5층 건물을 날다람쥐처럼 올라 사라졌던 놈.

"닌자가 확실하답니까?"

이건 확인이 꼭 필요했다.

왜냐면 야쿠자를 상대하듯 닌자를 상대하게 되면 피해가 생길 수 있어서다.

뭐, 흔한 말로 하면 지피지기면 백전불태다.

-예, 무라카미 가문이 일본에 마지막 남은 닌자 가문이라고 했습니다.

"아! 정말 존재하고 있었네요."

일본에서도 지난 백 년 가까이 닌자가 출현했다는 말이 없어 모두 사라진 줄 알았다.

-겨우 명맥만 유지하고 있는 상태라는데, 정확한 사정은 알 수가 없었답니다.

"혹시 누구의 사주를 받았는지 알고 있습니까?"

-거기까지는…….

'흠, 이건 내가 직접 심문해 봐야 알겠군.'

비록 힘이 드는 일이긴 하지만 탈북자 중에서 김철각이 간첩임을 알아냈던 수법을 적용하면 알 수 있을 것으로 여겼다.

"그래도 많이 알아냈네요."

-바쁘지 않으시면 오시겠습니까? 슬슬 바람이나 쐬러 오시는 것도 괜찮을 것 같은데……. 회도 한 접시 하시고요, 하하핫.

'큿, 나도 그렇게 한가해 봤으면 좋것수.'

정광수는 담용이 사직서를 냈다는 걸 모르는 것 같았다.

"글쎄요. 오라는 데는 없어도 갈 곳은 많아서 짬이 날지 어떨지…… 아무튼 수시로 놈들에 대한 것들은 뭐든 알려 주십시오."

어차피 언젠간은 또다시 조우해야 할 놈들이라 동선이나 사정을 알아 두는 것이 낫다.

─그러겠습니다.

"아, 그날 수고하셨는데 언제 한번 시간을 내서 모이지요. 제가 연락을 드리겠습니다."

지리산에서 수고해 줬으니 밥이라도 한번 사야 마음이 편할 것 같아 하는 말이다.

─하핫, 우리야 담당관님의 직속이나 마찬가지니 언제든 불러만 주십시오.

"그러죠. 수고하십시오."

─넵!

전화를 끊은 담용의 입가에 실소가 달렸다.

"푸후훗, 일이 엉뚱한 방향으로 전개되다니."

정작 일의 발단이 된 사람은 담용이었는데, 야쿠자와 흑사파가 치고받고 싸우는 형국이 되어 버렸다.

그것도 한국에서.

주객이 전도, 아니 본말이 전도되어 버린 것이다.

"엉?"

휴대폰을 주머니에 넣으려던 담용은 진동이 일자, 액정부터 확인했다.

"홍수광……."

마포에 있는 정보망팀의 팀장이었다.

"아! 맞다. 인도 출신의 락샨을 데리고 온다더니……. 홍 팀장, 날세."

―사장님, 락샨이 도착했는데요.

"그래? 언제 왔어?"

―이틀 전에요.

"많이 바쁜 건 아니지?"

―저희야 수익이 없는 것 빼고는 언제나 바쁘죠. 단지 락샨이 인도에 가서 법인을 갖추는 일은 하루라도 빠르면 좋죠.

"알았다. 이삼일 내로 들를 테니까 인도에 도착하는 대로 바로 법인을 낼 수 있도록 미리 사전 준비를 해 놓고 있어."

―히히힛. 락샨이 오자마자 장세영과 그거부터 하더라고요. 벌써 사무실은 물론 컴퓨터 등 집기까지 비용도 다 산정해 놨고요. 아예 제품 신청까지 완료한걸요. 그 때문에 전화비가 엄청 나오게 생겼어요.

국제전화로 업무 처리를 했다는 얘기.

"하핫, 의욕이 너무 과한 것 아니냐?"

–락샨이 기절할 뻔한 거 아세요?

"뭐? 아니, 왜? 무슨 일이 있어?"

–월급이 3백만 원이라니까 까무러쳤거든요.

"난 또……."

–락샨의 말로는 인도에서 제아무리 글로벌로 유명한 회사에 들어가도 그렇게 못 받는대요. 3백만 원이면 인도에서는 보통 임금의 다섯 배랍니다. 우리 돈으로 치면 거의 천5백만 원에 해당한다나요.

그 정도라면 나라도 까무러칠 것이다.

–그래서 아주 신이 났어요. 1년 후에는 부모님에게 집을 사 드릴 수 있겠다면서요.

"효자네."

–그래서 사장님을 더 빨리 만나고 싶어 해요. 인사를 드려야겠다면서요.

"알았다. 필요한 비용은 가서 얘기하자. 가게 되면 미리 전화하도록 하지."

–넵!

합숙소로 정한 펜션의 식당은 10여 명의 한솔중학교 육상 선수 아이들로 떠들썩했다.

떠들썩한 이유는 탁자 위의 불판마다 소고기를 수북하게 쌓아 놓고 구워 먹느라 정신이 없었기 때문이었다.

돌도 소화시킬 만한 10대의 한창때이다 보니 소고기가 줄 어드는 것은 한순간에 불과했지만, 담용이 주인을 채근해 계속해서 가져다 공급하고 있는 중이었다.

그렇게 어수선한 가운데 한쪽 구석에서는 약간의 반주를 곁들여 가며 담용과 박무일이 대화를 나누고 있었다.

"자, 한 잔 더 드시죠."

"아, 예."

쪼르륵.

쭈우욱.

"카아―!"

소주 한 잔의 알싸한 맛에 묵었던 스트레스를 푼 박무일이 담용에게 잔을 건넸다.

"육 사장님도 한 잔 더⋯⋯."

"아닙니다. 저는 한 잔이면 충분합니다. 차를 가지고 와서 요."

"아, 그러면 안 되지요."

"그동안 고생하셨는데 박 코치님이나 한 잔 더 하시죠."

담용이 박무일의 잔에다 술을 따르면서 물었다.

"지난번에 봤을 때보다 애들이 많이 성장한 것 같습니다."

"하핫, 예, 한창 크는 아이들이니까요. 이번 추계대회는 잘하면 애들 중 서너 명 정도는 입상이 가능할 것으로 보고 있습니다."

"어, 그래요?"

"예, 조심스럽긴 하지만 그렇게 판단됩니다. 이 모두가 육 사장님이 물심양면으로 도와준 덕분입니다. 감사합니다."

"어이쿠, 제가 한 일이 뭐 있다고요. 그냥 약간의 간식비를 챙겨 준 것뿐인데요."

"하하핫, 그 간식비가 애들이 체력을 보충하는 데 큰 공헌을 하지 않았겠습니까? 애들을 보십시오. 한창때 아닙니까? 저때는 먹으면 먹는 대로 그만큼의 체력이 되는 시기지요."

박무일의 말이 아니라도 담용도 그런 시기가 있었기에 잘 아는 얘기다.

지금도 아이들은 얘기를 나누는 것보다 오로지 먹는 것에 올인하고 있는 상황이다.

먹는 시합이라도 하나? 쉽지도 않고 그냥 넘긴다.

비례해서 펜션 주인은 고기가 떨어질세라 연방 갖다 대느라 바쁜 모습이다.

담민이는 오랜만에 큰형의 얼굴을 봐서인지 연방 먹어 대면서 수시로 담용을 힐끗거리며 나사가 하나 빠진 것처럼 실실거렸다.

아무래도 담민이의 보호자임과 동시에 가장 큰 힘이 되어 주기 때문일 것이다.

"하핫, 잘 먹는 것도 그만큼 중요하다는 얘기군요."

"예, 그러니 육 사장님의 공이 클 수밖에요."

"이거 계속해서 간식비를 대라는 말보다 더 무섭습니다, 하하핫."

"그런 의미로 말씀드린 건 아닙니다. 그러지 않아도 이번 대회가 끝나면 찾아뵙고 감사를 드리려고 했는데, 마침 방문해 주셨네요."

"끝나고 또 보면 되지요. 그때는 저도 두주불사를 마다하지 않을 테니 각오하고 오십시오."

"넵! 그때는 허리끈도 풀어 놓지요, 하하핫."

쭈우욱.

탁!

고기 한 점을 입에 넣은 박무일이 말했다.

"사실 담민이는 기대가 큽니다. 발전하는 속도가 엄청나거든요."

"어떤……?"

담민이 얘기가 나오자, 담용의 귀가 솔깃해졌다.

어느 사이에 훌쩍 커 버린 담민이는 조금 전에 만났을 때 자신보다 더 컸기에 박무일의 말이 기대가 되는 담용이었다.

"이건 육 사장님이 계셔서 하는 말이 아닙니다. 담민이가 발전하는 속도의 근거 중 첫 번째를 꼽는다면 바로 신장입니다. 지난번에 신장을 측정했을 때 176센티였는데, 지금은

182센티나 됩니다."

"호오, 182센티라고요?"

담용은 속으로 자신보다 2센티 정도 더 크다는 계산을 했다.

'하! 이제 중학교 2학년인데…….'

요즘 아이들의 성장 속도가 빠르다곤 하지만 담용이 기억하는 기억 저편의 담민과는 완전히 다른 피지컬이었다.

"반면에 몸무게는 76킬로그램에서 4킬로그램이 줄어 72킬로그램입니다. 장거리 선수로는 무척 고무적인 현상이라 할수 있지요. 그뿐이 아닙니다. 폐활량 수치도 6,300cc였던 것이 200cc가 더 늘어 6,500cc나 됩니다."

"그 수치는 수영 선수들과 엇비슷하다는 소리네요."

"오히려 더 나은 편이라 할 수 있지요. 폐활량이 늘어나다보니 심박 수도 상당히 느려졌습니다."

"예? 그거 좋은 현상입니까?"

"당연하지요. 운동 선수에게 폐활량 못지않게 중요한 것이 심박 수입니다. 운동의 강도를 조절하는 바로미터가 바로심박 수입니다. 운동 경기력이 향상되는 건 당연한 이치고요. 잠시 설명해 드리자면……."

쭈우욱.

탁.

"보통 일반인들의 심박 수가 1분 동안 70에서 80회 뛴다고

보면 운동을 했을 경우 220에서 나이를 뺀 숫자가 적정 심박
수라고 할 수 있습니다. 담민의 경우는 일반인들보다 65퍼센
트밖에 안 될 정도로 적지요. 이는 스포츠 선수로서 엄청난
지구력을 갖췄다고 할 수 있습니다. 이를 두고 우리는 스포
츠 심장을 가진 선수라고 부르지요."

"스포츠 심장요?"

처음 듣는 생소한 용어라 담용이 눈빛으로 그게 뭐냐고 물
었다.

"아! 스포츠 심장의 기준은 심박수 40에서 50회인데, 그것
만으로도 더 많은 양의 혈액을 강한 수축력으로 짜낸다고 생
각하시면 됩니다. 이 말은 지구력과 연관이 있다는 거지요.
바꿔 말하면 산소 섭취량의 기준이 되는 폐활량과 운동 경기
력의 기준인 심박 수가 뛰어나다면 엄청난 잠재력을 가졌다
고 보는 거지요."

"하핫, 오늘 많이 배우는 것 같습니다."

"하하핫, 전문용어니까요. 그리고 담민이의 순발력과 근
지구력, 근력, 심폐 지구력 등을 측정해 보면 심박 수와 폐활
량에 비례합니다. 그래서 저는 담민이의 잠재력이 무궁무진
할 것으로 예상됩니다."

박무일의 말이 꽤나 구체적이라 담용은 집중해서 경청할
수밖에 없었다.

"제가 듣기 좋으라고 괜히 기름칠하는 말은 아닌 것 같

습니다. 이쯤에서 제가 담민이에게 어떻게 해 줘야 하는 겁니까?"

"특별히 해 줄 것은 없습니다. 잘 먹이기만 하면 되니까요."

"흠, 그건 걱정하지 않으셔도 됩니다."

"이번 훈련이 끝나면 다음 주는 서울스포츠과학센터를 방문해서 보다 정밀한 측정을 해 볼 생각입니다. 그래야 맞춤 운동법을 짤 수 있으니까요."

"맞춤 식단도 포함됩니까?"

"지금은 거기까지 생각하지 않고 있습니다. 다만 10,000미터를 뛸 경우는 생각해야 할 겁니다. 하지만 그건 고등학교에 가서 해도 충분하지요."

"아참, 이번 대회는 어느 종목에 출전합니까?"

"장거리 선수를 목표로 하는 거라 3,000미터 한 종목에만 출전시킬 작정입니다. 1,500미터 종목은 너무 임박한 일정이기도 하고 부담이 될까 싶어 제외시켰습니다."

"담민이의 3,000미터 기록은 어떻습니까?"

"아주 좋습니다. 현재는 8분 41, 2초 정도니까요."

그게 어느 정도의 기록인지 감이 안 잡혔다.

"상대적으로 비교해 보면요?"

"올해의 기록을 보면 그리 특출 난 선수가 없습니다. 최고 기록이라고 해 봐야 8분 40초대 후반이라……."

"어? 하면 담민이 우승 후보라는 얘깁니까?"

단순 계산으로는 분명히 그랬다. 그래서 기대감에 찬 눈빛으로 변한 담용이다.

"하하핫, 비공인기록으로는 그런 셈이지요. 하지만 모든 종목이 그렇듯 당일 컨디션에 따라 현저한 차이를 보이기도 해서 감히 우승 후보라는 말을 할 수가 없습니다. 다른 학교 선수들 중에도 평소에는 담민이 같은 기록을 내는 이가 있을지도 모르니 말입니다."

결국 경기 당일의 컨디션이 성적을 좌우한다는 얘기.

"중학교 최고 기록은 얼마나 됩니까?"

"하핫, 아직까지 깨지지 않는 기록이 1975년도 기록입니다. 육상 코치들을 좌절하게 만드는 기록이기도 하고요."

"예? 그럼 25년 동안 깨지지 않고 있단 말입니까? 도대체 얼마나 뛰어난 기록이기에……."

"김○○ 선수가 세운 기록인데, 8분 35초 20이었습니다. 그 이후 2004년도에 권○○ 선수가 세운 8분 38초 78이 그 뒤를 잇고 있습니다."

'으음, 지금 담민이의 기록으로는 한참 모자라구나.'

42초대로 보면 무려 7초 차이가 났다.

육상에서의 7초란 장거리 경기라도 거리가 거의 20미터 이상 차이가 난다고 볼 수 있었다.

결코 쉽게 좁힐 수 있는 거리가 아니었다. 더구나 지친 상태에서 추월하는 건 더 그렇다.

"더 참담한 일은 2004년 이후로 8분 40초대를 깨는 선수가 없는 것입니다. 2006년에 세운 8분 44초가 최고니까요."

"아!"

"담민이의 경우 이번 경기에 평소의 기록만 유지해 줘도 대만족입니다. 3학년 때는 40초대를 무난히 깰 수 있을 거라 생각합니다. 자질은 충분하니까요. 물론 훈련이 충실해야겠지만, 사실 기대가 엄청 되는 아입니다. 이미 학교 측에다 그렇게 보고를 해 놓은 상태이기도 하고요. 솔직히 아직 만개하기 전의 어린 나이지 않습니까? 하하핫."

생각만 해도 기분이 좋은지 박무일의 웃음에는 가식이라곤 찾아볼 수 없었다.

그저 담용이 듣기 좋으라고 하는 말이 아닌 것이다.

"아무튼 잘 부탁드립니다. 제가 도울 일이 있다면 서슴없이 말해 주십시오."

"가끔 방문해 주시는 것만으로도 충분한데요 뭘."

"하핫, 도움이 되는 일이라면 앞으로도 그렇게 하지요. 그리고 이거……."

담용이 미리 준비해 뒀던 봉투를 꺼내 내밀었다.

"뭐, 뭡니까?"

"한솔고등학교 육상발전기금입니다. 박 코치님이 제 대신 학교 측에 전해 주십시오."

"······!"

육상발전기금이란 말에 동공이 툭 튀어나올 정도로 놀란 박무일이다.

"1억 원입니다."

"헉! 이, 이, 일억!"

"예, 대신 반드시 영수증을 받아 주시기 바랍니다."

"아, 그, 그야······ 당연한 말씀입니다만······ 이렇게 큰 금액을 주셔도 됩니까?"

자신의 것은 아니지만 생애를 통해 1억 원이란 돈을 처음 만져 보는 박무일로서는 선뜻 이해가 가지 않는 표정이다.

"담민이는 공부에 취미가 없습니다. 아시는지 모르겠지만 얼마 전만 해도 질 나쁜 아이들과 어울려 놀기도 했었지요. 그런 아이에게 취미가 생겼습니다. 육상이란 취미 말입니다. 그리고 나름대로 한눈팔지 않고 열심히 하고 있지요. 담민이의 보호자인 저로서는 기껍지 않을 수 없는 일이지요."

잠시 기억 저편에서의 담민이를 떠올린 담용이 말을 이었다.

"1억 원이 분명 적은 돈이 아니긴 합니다만, 담민이가 비뚤어지지 않고 바르게 커 가고 제 특기를 살려 가는 것에 비하면 또 아무것도 아닌 액수지요. 그렇다고 담민이만 특별하게 생각해 달라는 의미는 아닙니다. 동료애란 성장기의 소년들에게는 평생을 같이할 수 있는 동력이 될 것이니 말입니다."

"하핫, 맞는 말씀입니다. 저렇게 한솥밥을 먹고 살을 부대껴 가면서 동고동락을 하다 보면, 우정도 덩달아 쑥쑥 자라지요. 아마 어른이 됐을 때는 지금의 우정이 더 진해질 테지요. 아무튼 학교 측에서 따로 연락을 하겠지만, 대신해서 먼저 감사를 드립니다."

"박 코치님이시라면 아이들을 위해 잘 써 주실 것으로 압니다. 이제 그 얘긴 그만하지요. 그나저나 언제 출발합니까?"

"식사가 끝나는 대로 준비해서 가야지요."

"또 올 계획입니까?"

"대회 전까지는 두세 차례 정도 계획이 잡혀 있습니다."

"그렇군요. 계속 애써 주십시오. 저는 이만 가 봐야겠습니다."

"아, 가시겠다면 담민이를 데려가도 괜찮습니다만……."

"아닙니다. 끝까지 동료들과 함께하는 것이 좋습니다."

"아, 예."

"담민이와 잠시 얘기만 하고 갈 것이니 나오지 마십시오."

"대회 때 뵐 수 있으면 좋겠습니다."

"가능하면요. 저도 제 일정이 어떻게 될지 몰라 장담을 할 수 없어서요."

"하핫, 바쁜 일이 있으시다면 어쩔 수 없겠지요. 멀리 안 나가겠습니다."

"예, 그럼……."

J빌딩의 분양권을 유치하라

2000년 10월 2일 월요일.

담용은 오랜만에 사무실로 출근했다.

유상현 사장과 이기주 부사장이 무척이나 반가워하는 통에 지금은 사장실에서 차를 나누고 있는 중이었다.

"육 팀장, 너무 오랜만에 얼굴을 보여 주는 것 같지 않나?"

"그 점에 대해서는 할 말이 없습니다. 죄송합니다."

"아, 나무라려고 하는 말이 아니네. 놀러 다니지도 않았을 테니 말이야. 또 우리 회사가 임원들에게 출퇴근을 강요하는 곳도 아니고…… 게다가 이번 분기에도 태스크포스팀이 1위를 했으니 출근을 채근한다는 건 말이 안 되지."

"어? 이번에도 1위입니까?"

"압도적인 1위라네."

"그래요? 다른 부서는 어떻습니까?"

"그나마 영업 1팀이 분발해서 체면은 차렸지만, 태스크포스팀과의 차액이 워낙 커서 내세울 만한 수익은 못 되네."

"얼만데요?"

"9천만 원 정도일세. 나머지는 채 천만 원도 채우지 못한 부서도 있고."

"외환 위기 상황이니 어려운 점이 많을 겁니다. 이럴 때는 채근하거나 책임을 묻기보다 당근을 쥐여 주는 것이 더 효과적일 겁니다."

"그렇다고 해도 먼저 회사가 살아야지 않겠나? 그래서 말인데, 지난번 이사회 때 의결한 기본 월급이 너무 많다는 중론이네. 그 이유는 잘 알 테고."

물론 메일로 받아 봤으니 잘 알고 있다.

기본 월급이 1백만 원이니 성과급 위주의 회사로서는 액수가 적다고 할 수는 없다.

그러나 독이 될 수 있는 단점이 있었다.

이를테면 이렇다.

굳이 성과를 내지 않아도 기본적인 생활이 가능하다 보니 업무를 적극적으로 할 필요가 없다.

하지만 장점이 없는 것은 아니다.

뭐, 매사를 안일하게 생활하는 직원들이야 나태해질 수도 있다고 여기지만 업무에 적극적인 직원은 1백만 원을 효과적으로 사용해 성과를 극대화할 수도 있다는 점이었다.

"흠, 아직 실행한 지 1년도 지나지 않은 시점이니 조금 더 두고 보는 것이 좋겠습니다. 회사의 방침이 너무 빨리 변경되는 것도 신뢰의 문제일 테니까요."

"그렇지 않아도 그런 문제 때문에 이러지도 저러지도 못하고 있는 실정이네."

유상현 사장의 말끝에 이기주 부사장이 끼어들었다.

"사장님, 육 팀장의 의견도 있으니 조금 더 두고 보지요. 직원들이 언제까지 고작 1백만 원 수입으로 만족하지는 않을 겁니다. 그래서 1년 동안 공과를 매겨 평가하려는 것이 아니겠습니까?"

"맞습니다. 그때까지 기회를 주고 아니다 싶은 직원은 과감히 잘라 버리면 되지요. 물론 나름의 사정을 감안해 소명의 기회는 줘야 할 테지만 말입니다."

"알겠네. 대주주인 육 팀장이 그리 말해 주니 마음이 편해지는군. 사실 마음이 좀 불편했었거든, 하하핫."

실적이 저조했기 때문일 것이다.

"풋, 제 입장은 고려하지 않아도 되니 앞으로는 경영 방침대로 밀고 나가십시오. 그나저나 J빌딩 분양 건은 어떻게 됐습니까? 의뢰를 받은 후로 소식이 없어서 묻는 겁니다."

"아, 그건 내가 말하지."

이기주가 나섰다.

"J빌딩은 퇴직한 하택훈이 가지고 나갔다네."

"아, 이전에 FC(foreign capital : 외국자본)팀 팀장 말입니까?"

FC는 원래 역삼동에 별도로 독립 사무실을 가지고 있었던 외자특수팀이었다.

자산은 KRA 소유였으며 당연히 직원에 속했다.

"J빌딩은 원래 그 친구가 가지고 온 거라 가지고 가겠다니 두말하지 않고 그러라고 했네."

"그건 말이 안 되는데요?"

"응?"

"생각을 해 보십시오. 하택훈이 KRA 직원이었으니 그 사람이 가지고 온 오더였더라도 회사의 몫이 되어야 하는 것 아닌가요? 건물주 역시 하택훈의 얼굴을 보고 의뢰를 했다기보다 KRA 회사의 신용도를 믿고 준 것으로 봐야 하는 거지요."

"아, 우리도 그걸 가지고 건물주에게 문의를 해 봤다네."

"뭐라고 했습니까?"

"하택훈에게 맡기겠다더군."

'그래서 줬다? 지랄, 그럼 계약서는 왜 필요한 거야?'

"계약서가 있는데도 말입니까?"

"그게…… 사실 이 바닥의 생리가 좋은 게 좋은 거라는 룰 아닌 룰이 있음을 알지 않나?"

바닥이 워낙 좁아 척을 지거나 치고받는 싸움은 영업에 지장이 있을 거라는 얘기.

'그놈의 되지도 않는 룰.'

이해를 못 하는 건 아니다.

담용도 돈 몇 푼에 서로 아귀다툼을 하는 것은 원하지 않았다. 하지만 계약서가 괜히 있는 것이 아님에도 양보를 했다. 그것은 오히려 상대방으로 하여금 이쪽을 만만하게 여기게 할 수도 있다는 점이 싫었다.

'쯧, 더 따져 봐야 돌이킬 수 없는 일.'

담용은 체념했다.

유상현과 이기주가 능력이 없어서 그런 것이 아님을 알기에 더 따지고 들기도 어려워서다.

그러나 알곡은 따 먹어야겠기에 말하지 않을 수 없다.

"지금 J빌딩의 분양 상황은 어떻습니까?"

"지지부진하다더군."

"그게 어느 정돈데요?"

"1층 코너에 H은행 하나 달랑 임대 분양한 게 전부네. 그것도 도로 전면의 제일 좋은 자리 말일세."

'헐.'

분양도 아닌 임대라니, 초장부터 죽을 썼다는 뜻이다.

원래 제1금융권은 특별한 일이 없는 한 매입을 통한 자산을 늘이지 않는 것을 원칙으로 한다.

그래서 분양을 받는 것보다 분양가에 근접한 돈을 지불하더라도 임대를 선호하는 편이다.

지금 같은 IMF 시기는 자산을 축소하려고 발버둥을 치고 있는 중이었다.

그런데 은행이 상가 전면 요지에 들어선다는 것은 소유주 측에서는 득보다 실이 더 많다.

즉, 상가 빌딩에 독으로 작용할 수 있다는 것이다.

그 이유는 업무용 빌딩이 아닌 상가는 본래 주로 밤에 영업이 활성화되는 측면이 많다는 데 있다.

즉, 밤 문화에 익숙하다는 것.

하지만 은행은 오후 5시면 문을 닫는다.

이는 영업이 활성화되는 시간에 맞춰 졸지에 상가가 컴컴해진다는 뜻이다.

이는 곧 상가가 죽어 버릴 수 있다는 얘기다.

물론 은행이 고객을 유입하는 데 일부나마 이점이 있긴 하다. 그래서 상가를 극대화하는 측면에서는 보다 효율적으로 배치할 필요가 있다.

고로 도로 전면에 은행을 유치하기보다 상가 안쪽에 자리를 잡게 해야 문을 닫더라도 표시가 안 나는 것이다.

은행에 볼일이 있는 사람은 어디에 있든 찾아오기 마련이라 은행 관계자도 여기에 대해 불만은 없다.

바인더북

전면에 은행 간판만 달아도 되니 상관없기 때문이다.

이는 상가에 대해 조금이라도 아는 사람이라면 기본적으로 아는 상식이었다.

결론은 하택훈이 상가 분양의 '상' 자도 모른다는 얘기다.

"되가져올 방법은 없습니까?"

"엉? 다시 가지고 오자고?"

"예. 어렵습니까?"

"그거야 알아봐야겠지만…… 분양 시장이 너무 좋지 않네. 걔네들도 지금 파리만 날리고 있는걸."

"파리만 날리고 있다면 그래도 괜찮은 편이지. 생돈을 그냥 날리고 있는 판국이니, 모르긴 해도 한시라도 빨리 털고 싶은 마음일 걸세."

'쿠쿡, 거기에 대해서는 나보다 더 잘 아는 사람이 없다고요.'

"그럼 건물주에게 이달 말까지 딱 60퍼센트만 분양해 주는 조건으로 되가지고 오십시오."

60퍼센트면 IMF 상황에서 감지덕지할 일이다.

"뭐? 그게 무슨 말인가?"

"말한 그대롭니다."

"허얼, 자신은 있고?"

"당연히 자신이 있으니 그런 말을 하는 거지요."

"……!"

담용의 자신에 찬 말에 유상현과 이기주가 서로 얼굴을 쳐다보며 놀란 기색을 드러냈다.

　　그도 그럴 것이 말대로 된다면 KRA 창사 이래 최대의 사건이 되기 때문이다.

　　유상현이 말했다.

　　"육 팀장의 말이라면 팥으로 메주를 쑨다고 해도 믿네만, 한 달 만에 60퍼센트를 분양한다는 것은 좀 지나친 것 같네."

　　"괜히 하는 말이 아닙니다. 두고 보시면 한 달도 걸리지 않는다는 걸 알게 될 겁니다."

　　"헐."

　　"그, 그게 가능하단 말인가?"

　　"일단 가지고 오기만 하십시오. 단 분양 수수료는 본때를 보여 주기 위해서라도 확실히 챙겨야 할 겁니다."

　　"가능하기만 하다면 그 문제는 걱정하지 않아도 되네."

　　"맞아. 하택훈이 분양이 되지 않자 부동산 사무실을 돌면서 파격적인 가격을 제시하며 고객을 유치하려고 애쓰고 있는 중이라 분양 수수료는 꽤 받을 수 있을 걸세."

　　"몇 프로래요?"

　　"4.8프로."

　　"오호, 엄청나군요!"

　　담용도 의외였던지 눈이 동그래졌다.

　　'쯧쯔쯔, 얼마나 다급했으면 자기 이익은 고려하지도 않는

모양이네.'

그런 식으로 더 끌다가는 손해가 막심할 것이 자명하기 때문일 것이다.

분양 시장의 상식적인 분양가는 2퍼센트 언저리이나 드물게는 3퍼센트까지 받는다고 볼 때, 4.8퍼센트는 안드로메다에서나 볼 수 있는 수수료였다.

자리가 아주 좋지 않은 위치라면 건물주가 5퍼센트까지 제시하기도 하지만, 분양 대행사가 나서지 않는다는 것이 문제였다.

그런데 J빌딩은 강남이다. 그것도 청담동 역세권에 근접해 있다.

이를 달리 말하면 그만큼 분양 시장이 최악이라는 것.

J빌딩이 원래부터 지금의 시기에 맞춰 완공할 계획이었던 건 맞지만, IMF라는 복병을 만나리라곤 꿈에도 생각지 못했던 결과다.

만약 IMF가 오지 않은 상태라면 분양 대행사끼리 피를 튀기는 경쟁이 도래했을 게 자명한 일이다.

경쟁이 과열되면 분양 수수료도 현저히 낮아질 수밖에 없어 건물주의 경우 땅 짚고 헤엄치는 격으로 돈을 쓸어 담을 수 있다.

"가져올 수 있다면 아예 조건 하나를 더 붙이죠."

"뭐, 뭔 조건?"

"6개월 내에 백 퍼센트 분양을 완료해 주는 조건요."

"컥! 케케켁, 무, 물 좀……."

얼마나 놀랐는지 사레가 들린 양, 유상현이 연방 기침을 해 대며 물을 벌컥벌컥 들이켰다.

"바, 방금 백 퍼센트라고 했나?"

"예."

"……!"

"그냥 하는 말이 아니라니까요."

"그, 그야 그렇겠지만…… 만약 잘못되기라도 하면 리스크가 장난이 아니네."

"그건 것 따위는 키우지도 않습니다. 단, 2차분은 수수료 6퍼센트를 요구하십시오."

조금 욕심을 부려 보았다. 알토란 같은 자리가 다 빠졌다면 결코 무리한 요구가 아니다.

그렇다고 해도 지금이 아니면 턱도 없는 요구다. 약점을 잡았다고 해서 요구하는 것이 아니다. 이 어려운 시기에 서로 윈윈하자는 것이다.

"된다는 확신만 있다면야 6퍼센트도 과한 요구는 아니지."

그 말은 맞다.

아무리 파이낸싱 투자라도 빚은 빚이다. 거기에 건축비 같은 제반 비용까지 합치면 빚은 눈덩이처럼 불어난다.

그렇게 하 세월 안고 갔다가는 이익은커녕 본전치기하기

도 바빠진다.

다소 출혈을 하더라도 한시라도 빨리 처분하는 것이 이익이라 현명한 건물주라면 요구를 들어줄 수밖에 없다.

단, 이쪽도 그만큼의 부담을 안게 되는 건 어쩔 수 없다.

하지만 분양을 완료한다면 모든 것이 깨끗해진다.

건물주나 분양 대행사 모두.

"그럼 그 부분은 두 분께 맡기지요."

"허 참, 육 팀장이 그리 말하니 이거 속에서 아드레날린이 솟는지 마구 흥분되기 시작하는걸."

"그러게 말입니다. 말대로 되기만 하면 금액이 대체 얼마야?"

정말로 흥분이 되어 아드레날린이 솟는지 유상현과 이기주의 얼굴이 붉어지고 있었다.

'후훗, 결과가 나오면 기절초풍하겠네.'

딱 그런 모습을 보여서다.

"참, J빌딩을 백 퍼센트 분양했을 때 총매출액은 얼마나 됩니까?"

"아, 잠시만……."

유상현이 책꽂이 있는 노란 파일을 뒤지더니 자료 한 장을 내놨다.

"1천8백억 원이로군."

"거기에 1차분 60퍼센트라면……."

암산을 해 본 담용이 금세 입을 열었다.

"천팔십억 원이군요. 뭐, 층마다 가격 차이가 있으니 일률적으로 산술하자면 대충 그 금액이 되네요."

"그렇군. 보자…… 4.8퍼센트로 계산하면."

유상현이 계산기를 가져와 탁자에 놓았을 때, 담용이 말했다.

"48억 원이 조금 넘는데요."

"엉? 그새 계산을 끝냈다고?"

"하핫, 제가 암산이 좀 빠른 편이거든요."

"그래도 그렇지……."

48억 원이라면 어마어마한 수입이다.

세후 수익이라도 40억 원에 가까운 금액이었다.

이래서 너도 나도 분양 시장에 뛰어들려고 눈에 불을 켜는 것이다.

그렇다고 전부 성공하는 것은 아니지만, 그만큼 매력이 있는 것 또한 사실이었다.

"나머지 2차분은 분양권을 가지고 온 다음에 생각하기로 하지요."

"그러자고. 아직 공도 안 울렸는데 케이오 주먹을 날릴 필요는 없지."

'후와! 말을 던져 놓고 나니 엄청 부담되네. 이거 미리미리 준비해 놔야겠는걸.'

J빌딩을 괜히 가져오라고 한 건 아닌지 모르겠다.

네트워크 마케팅 회사의 사정에 대해 단 한 가지도 알지 못하면서 이래도 되나 싶었다.

'조만간 가 봐야겠군.'

"그럼 전 이만 나가……."

"아, 잠시 기다리게."

이기주가 엉덩이를 떼려는 담용을 붙잡았다.

"뭐가 그리 급한가?"

"하핫, 오랜만에 출근했으니 팀원들도 만나 봐야지요."

"그건 바쁜 게 아니니 말 좀 들어 보고 가게."

"뭐, 그러죠. 말씀하실 게 뭡니까?"

"한국공인중개사협회에서 강의 요청이 들어와 있네."

"에? 가, 강의 요청요?"

"그러네. 관리본부의 오덕만 부장이 수도 없이 전화를 했다네."

"거절하십시오."

"안 그래도 육 팀장이 바쁜 것 같아 그렇게 말했네만, 사정사정하는데 어떻게 하나?"

"맞아, 한사코 바꿔 달라는데 거절하기도 어려웠지."

"참나, 제가 뭐 대단한 사람이라고……. 그리고 강사가 저뿐이랍니까? 발에 채는 게 강사들인데요."

"우리도 그렇게 말했지. 그런데 오 부장이 하는 말이 걸작이네."

"예? 뭔 말을 했는데요?"

"공인중개사들이 자네 강의를 듣고 싶다는 거야. 저번에 했던 강의가 인상 깊었다면서 꼭 좀 해 달라고 하더군."

"하핫, 강의료도 올려 주겠다고 했네."

"하하핫, 그거 반가운 소리네요. 하지만 시간이 없을 것 같은데요?"

"뭐, 육 팀장 수익에 비하면 껌값도 안 되는 것이긴 하지만, 우리 회사로서는 돈으로 환산할 수 없는 이점도 있다네."

"회사의 인지도를 말하는 겁니까?"

"부인하지 않겠네."

"저번에도 덕 좀 봤지. 그런데 그때의 끗발이 떨어졌는지 직원들의 실적이 이 모양이라네."

맞다. 그때는 비록 반짝이었지만 일시적으로 영업 실적이 괜찮았던 게 사실이다.

담용의 강의가 명강의로 소문나면서 그 후폭풍이 영업 실적으로 이어진 덕이었다.

'얼라? 말하는 꼴새가 이상한데?'

듣고 보니 강의로 몰아가는 분위기다.

"하! 어째 두 분 다 강의를 해 줬으면 하는 표정이네요."

"회사로서야 좋은 일인데 당연한 것 아닌가?"

'아뇨.'

강의할 준비도 안 됐고, 한다고 해도 그게 어디 만만한 일이어야 말이지.

수강생들이 산전수전 다 겪은 사람들인 데다 그중에는 은퇴하기 전의 인텔리들도 상당히 많다.

이는 잘해 나가다가 말 한번 비끗했다가는 나락으로 떨어지는 건 한순간이라는 뜻이다.

"오 부장이 휴대폰 번호를 달라고 어찌나 조르는지 혼났다네."

"제 동의 없이는 못 가르쳐 준다고 하세요."

"그랬으니까 여태껏 버텼지. 그런데 이제는 조르다 조르다 못해 뭔 소리를 하는지 아는가?"

"⋯⋯?"

"회원들이 협회장에게 협박하는 바람에 자네가 오지 않으면 모가지가 날아가게 생겼다는 거야."

"에이, 진짜 유치한 협박이시네요."

"협박만이 아닐세. 자네 저거 보이나?"

유상현이 옆으로 난 벽을 가리켰다.

시계다, 그것도 무지하게 큰 스탠드형 시계.

"어? 저건 못 보던 건데요?"

"오 부장이 갖다 놓은 걸세. 조상 중에 시간을 못 봐서 죽은 귀신이 있는지 저렇게 큼지막한 걸 선물했다네. 게다가

'한국공인중개사협회 회원 일동 증'이라고까지 써 가지고 왔어, 하하핫."

'하! 정말 가지가지 하네.'

그런데 기증한 사람이 이상했다.

회장도 아니고 직원 일동도 아니고 회원 일동이라고 떡하니 적혀 있었다.

회원이라면 전부 공인중개사들인데 그들이 기증했을 리는 없으니…….

아니라면 도대체 누가 보낸 것인지 주체가 알쏭달쏭했다.

그러나 오덕만 부장의 수작임은 의심할 여지가 없다.

"나참, 저건 또 왜 가져왔답니까?"

"하하핫, 회원들이 보낸 거라더군."

"설마 그 말을 믿는 건 아니시겠죠?"

"처음엔 그랬는데 말을 들어 보니 그럴 법해서 이제는 믿네."

'대체 뭔 소리야?'

"명강사를 둔 회사에 회원들이 존경의 염을 담아 보내는 선물이라더군."

'헛!'

정말 할 말을 잊게 만든다.

딱 한 번 강의를 했을 뿐인데 이런 반응이 있을 리가 없다.

'오 부장이 직업을 잘못 선택한 것 같군.'

이 정도의 머리와 끈기라면 딱 해외 세일즈맨감이다.

"그래서 받을 수밖에 없었네."

'나 원……'

이거 저렇게까지 하니 꼼짝없이 강의를 해야 할 입장이 됐다.

'진짜로 해외 수출 역군으로 보내야 될 인재로세.'

곱씹어 보니 정말 그랬다.

하는 양을 보면 해외로 나가면 끈질기게 물건을 팔 사람이 아닌가?

"에혀, 주제는 뭐랍니까?"

"강사 마음대로 정해도 된다던데. 이 부사장, 맞지?"

"예, 저도 그렇게 들었습니다."

'흥, 꿍짝도 잘 맞지.'

그러나저러나 이제는 어쩔 수 없게 됐다.

저번에 자신의 강의로 인해 직원들이 반짝 특수를 누렸으니 이번에도 그런 식으로 도움을 주면 괜찮겠다 싶었다.

'뭐, 장담은 못 하지만.'

"쩝, 제가 오 부장에게 전화해서 사정을 알아보도록 하지요."

"그래 주겠나?"

"예, 이제 가도 되지요?"

"점심 식사 땐데 같이 하지 그러나?"

"다음에요. 오늘은 오랜만에 팀원들과 같이 하겠습니다."

"그것도 좋지."

"아, J빌딩에 관한 제안서가 있으면 준비해 주십시오."

"벌써 시작하게?"

"예, 앞으로 더 바빠질 것 같아서요."

"걱정 말고 식사하고 잠시 들르게, 그동안 준비해 놓을 테니까."

"그럼…….."

꾸벅 인사를 한 담용이 잰걸음으로 자신의 사무실로 향했다.

"어머! 팀장님, 오랜만에 봬요."

"한송이 씨, 잘 지냈어요?"

"호호홋, 저야 늘 그렇죠."

"연애 사업은 잘되어 가고요?"

"아이, 팀장님도 참."

"왜요, 안 과장이라면 송이 씨에게 잘해 줄 텐데요."

"자, 잘해 줘요. 어, 어서 들어가 보세요. 아까부터 많이 기다리던데요."

"들어갈 필요도 없습니다. 나가서 점심 식사를 할 거니까요. 같이 갈래요?"

"감사하지만 저는 자리를 지켜야 해서요."

"그렇다면 안 과장한테 맛난 거나 사다 주라고 해야겠네요.”

"아, 아니에요. 전 괜찮아요.”

"송이 씨, 연애할 때밖에는 그럴 기회도 없어요. 결혼하게
되면 국물도 못 찾아 먹을 수 있다고요. 그러니 이 기회에 돈
잘 버는 애인을 마구마구 뜯어먹어요. 알았죠?”

"푸훗!”

"하하핫.”

삐걱!

"태스크포스팀 여러분, 점심 먹으러 갑시다! 장소는 삼원
가든!”

"우와-!”

초청 강의

봉천동 한국공인중개사협회 대강당.

"와—!"

"우와—! 삐익!"

입추의 여지없이 모여든 공인중개사들의 시선 끝에 마침내 오늘의 강사인 담용이 무대로 걸어 나오는 모습이 닿았다.

그러자 마치 콘서트 공연이라도 하는 양 열렬한 함성과 함께 휘파람 소리가 강당이 떠나가도록 울려 퍼졌다.

동시에 대강당은 열기로 후끈 달아올랐다.

꾸우벅.

열렬한 환영에 고무됐는지 담용이 90도 각도로 허리를 접어 인사를 했다.

　짝짝짝짝.

　박수 소리가 오래도록 이어질 때, 담용이 단상의 마이크를 잡았다.

　"반갑습니다. 그동안 안녕하셨지요?"

　"네에-!"

　역시나 가장 앞줄을 차지한 채 뭉텅이로 포개다시피 앉은 아줌마 부대의 목소리가 압도적으로 컸다.

　대한민국 아줌마들의 위력을 여지없이 보여 주는 한 장면이다.

　그리고 우스갯소리도 잘하고 다소 찐한 농담도 서슴없이 해 대는 무리 또한 아줌마 부대다.

　"오오옷! 강사님, 멋져요-!"

　"강사님, 오늘 장가가요옷-!"

　으음, 역시 저 나이대가 되면 저절로 '철퍼덕'이 되나 보다.

　'철퍼덕'이 뭔 말인가 하면, 처녀 때는 다리를 모으고 살포시 조신하게 의자에 앉지만, 결혼하고 애 두서넛 낳고 나면 남의 눈치를 안 보는 것은 물론 아무렇게나 엉덩이를 들이밀고 철퍼덕 앉는다는 소리다.

　이거 여성 비하 발언이 아니라 그만큼 매사에 용감해진다는 뜻으로 하는 말이다.

거 왜 이런 말도 있잖은가?

—여자는 약하지만 어머니는 강하다.

아무튼 오늘 담용의 입성이 '핏'이 제대로 살아 있는 세련된 옷차림이긴 했다.

그래서 아줌마 부대가 저리도 난리를 쳐 대는 것이다.

뭐, 반은 놀림이고 반은 진심일 테지만 상관없다. 요즘 더 아름다워진 정인이 곁에 있는 이상 유혹당할 일도 없다.

각설하고.

입가에 미소를 가득 머금은 얼굴로 강당 구석구석을 두루 살피던 담용이 마커를 집어 들고는 백보드에 글자를 써 나갔다.

쓱. 쓱. 쓱. 쓱.

-확정일자
-전세권과 전세
-월세를 연체한 경우
-질문 시간(딱 하나)

탁.

마커를 내려놓은 담용이 돌아섰다.

"어? 모두 다 알고 있는 내용이라 심드렁한 표정들이시네요. 다른 걸로 바꿀까요?"

말해 놓고 아차 싶었지만 곧바로 구원군들이 등장했다.

"아니요ー! 자세히는 몰라요!"

"그걸로 해요ー!"

역시 아줌마 부대는 오늘도 그의 편이었다.

아줌마들의 말대로 그럴 가능성이 적지 않다.

평소에 잘 안다고 여기던 내용들이 실제로 당하고 보면 명료하게 알고 있는 게 아니라는 걸 깨닫게 된다.

그래서 가장 기본이 되는 주제를 준비해 오늘 강의에 임했다.

왜냐면 대부분 단독주택이나 아파트 혹은 상가를 매매하거나 전월세를 가지고 주로 영업하는 소규모의 공인중개사들이기에 반복 학습이 굉장히 중요해서다.

법인부동산같이 대형 물건만을 취급하는 직원들은 이런 곳에 참석하는 일이 극히 드물다.

뭐, 잘 알고 있기에 그럴 것이라 생각하지만……

"자, 시작해 보겠습니다. 다들 전세 계약을 하게 되면 임차인에게 등기소에 가서 '확정일자'를 받으라는 말을 하실 겁니다. 아니라면 직접 확정일자를 받아다 주는 서비스를 해줄 수도 있겠지요. 여기서 본 강사가 하고 싶은 말은 저당권이 없는 깨끗한 집이나 상가를 임차할 때에도 '확정일자'를 받아 두는 게 좋다는 것입니다. 그 이유 중 첫 번째가⋯⋯."

담용이 백보드로 가더니 마커를 들고 몇 글자를 쓰고는 돌아섰다.

내용은 이랬다.

1. 거주와 주민등록 -〉 대항력

"잘 알고 계시다시피 임차인들은 해당 집에 거주하면서 주민등록을 해 두어야 나중에 집이 다른 사람에게 팔리더라도 새로운 주인에게 자신의 임차권을 주장할 수 있습니다. 계약 당시 등기부등본에 저당권 등이 없이 등기부가 깨끗한 집에 살고 있으면 이러한 거주와 주민등록만 해 두어도 추후에 일이 잘못되어 경매로 집이 넘어가더라도 안전합니다. 즉, 새로운 집주인이 된 낙찰자에게 자신의 임차권을 그대로 주장하면서 보증금을 받아 나갈 수 있기 때문이지요. 하하핫, 여기까지는 초보 수준이라 잘 아실 겁니다. 그런데 우리는 왕왕 어처구니없는 믿음을 가지는 때가 있습니다. 어떤 경우냐 하면요."

담용이 우측으로 발걸음을 슬금슬금 옮기면서 말을 계속해 나갔다.

"방금처럼 등기부에 저당권이 없어서 깨끗하면 주거와 주민등록에 만족하고 확정일자를 따로 받아 두지 않는 경우가

더러 있다는 겁니다. 아니, 의외로 많습니다. 본 강사는 이 경우에도 가급적이면 확정일자를 받아 두는 것이 나중의 번거로운 일을 예방할 수 있어서 편하다는 말을 꼭 해 주고 싶습니다. 그리고 '확정일자의 근본적인 목적이 뭐냐?'라고 묻는다면 본 강사는 이렇게 말하고 싶네요."

잠시 말을 끊고는 다시 발걸음을 되돌려 무대 중앙에 서는 담용이다.

"본 강사의 정의는 '확정일자는 경매 시에 배당받기 위해 필요하다.'라고 말하겠습니다. 확정일자는 경매가 이루어질 경우, 그 경매 절차에서 내 보증금을 배당받고자 할 때에 반드시 필요합니다. 이때 권리관계의 정확한 순위를 따지게 되는데, 사적이 아닌 공적인 기관이 증명하는 확정일자라야 한다는 겁니다. 그러나 만약 등기부등본상에 말소기준권리보다 선순위의 임차권 혹은 전세권 설정이 되어 있는 경우라면 확정일자는 필요 없게 됩니다. 즉, 경매 절차에서 배당을 받지 않고 그냥 그 집에 계속 눌러살 수 있는 권리가 있다는 것이지요. 하지만 이런 경우는 임차인이 원해도 집주인이 잘 응해 주질 않죠. 왜냐? 등기부등본이 지저분해져서 그렇답니다. 정말 그런지는 저도 잘 모르겠네요. 제가 집을 가져 본 적이 없어서요."

"푸후후……."

"하하하……."

웃자고 한 소리에 반응이 조금 왔다.

"자, 이제부터가 중요한데요."

백보드로 간 담용이 또 몇 글자를 써내려 갔다. 그런데 이번에는 조금 길었다.

2. 확정일자가 없을 때, 임대차계약서의 작성 일자를 의심받는 경우.

"이게 무슨 말이냐면요. 만약 확정일자를 받아 놓지 않았다면 말소기준권리보다 임차권이 선순위이므로 낙찰자에게 주장할 수 있는 경우에도 낙찰자로서는 과연 그 임차권이 자신보다 선순위인지 의심할 수가 있다는 것입니다. 또 확실하다는 것을 짐작하면서도 찔러보고 아니면 말고 식의 소송을 제기할 수도 있습니다. 다시 말하면 해당 임대차의 일자를 소급하여 작성한 허위의 임대차라는 주장을 경매낙찰자가 해 올 수 있다는 것입니다. 뭔 말인지 이해가 되시죠?"

"네-!"

역시 아줌마들은 한결같이 대차다. 이래서 강의하는 맛이 난다.

감사한 마음에 씨익 웃어 주고는 말을 이어 갔다.

"임차인이 확정일자를 받아 두었다면 그 확정일자 이전에 해당 임대차계약서가 존재하고 있었다는 점이 분명해지지만, 확정일자가 없거나 받아 두었더라도 상당히 늦게, 그러니까 선순위 저당권이 기재가 된 이후에 받아 두었다면 임대차계약서의 계약 일자를 의심받게 된다는 거지요. 그래서!"

탕!

강조의 의미로 발 구름으로 무대를 치자, 졸고 있던 수강생들이 화들짝 놀라서 깼다.

아무리 명강사라도 조는 사람은 있기 마련인데, 생활에 지친 탓도 있고 또 앉아 있다 보면 저절로 수마가 덮쳐 오기 때문이기도 했다.

어쨌든 그러거나 말거나 담용의 말은 이어졌다.

"임차인이 거주하고 있었다면 거주로서 임대차 사실이 증명되는 것이 아닌가라고 생각해 볼 수도 있습니다만, 일례로 자신이 소유하고 있던 집을 타인에게 팔면서 그 집에 임대차계약을 체결하고 계속 거주하고 있는 경우를 한번 볼까요? 이런 경우 과연 그 거주가 소유자로서의 거주인지 임차인으로서의 거주인지 불분명하게 될 공산이 큽니다. 만약 이 집이 경매에 들어갔다고 치면 낙찰자는 임대차계약서 작성 일자에 대하여 의심을 품을 수 있습니다. 소송으로까지 가게 된다면 정말…… 피곤해집니다. 왜냐면 사실이 분명함에도 불구하고 임차인은 구질구질하게 이를 증명해야 하는 사태가 발생하기 때문이지요. 여기서 확정일자만 받아 놓았다면 만사가 해결이 될 텐데 말입니다. 그렇죠?"

"네에-!"

"하하핫, 제게 힘이 되어 주셔서 감사드립니다."

꾸벅.

담용이 앞줄을 향해 인사로 화답하고는 계속해 나갔다.

"이번에는 임대차 계약서 원본이 사라지고 복사본만 존재하는 경우입니다. 이런 경우 참으로 그 진위 여부를 판정하기가 곤란해집니다. A가 B의 집에서 오랜 기간 임차해서 살다 보니 임대차계약이 수년간 자동으로 갱신되는 일이 발생하게 됩니다. 이런 경우가 더러 있지요?"

"네! 많아요!"

"예, 많지요. 대략 5년이나 6년이 지나면 임대인이나 임차인 모두 계약서 원본을 분실하고 복사본이나 스캔본만 가지고 있는 경우가 왕왕 있습니다. 이때 그 복사본에 대하여 위조 주장이 있게 되면 그 진위를 밝히기가 매우 곤란해지면서 혼란에 빠지게 됩니다. 이때 역시 확정일자를 받아 두었다면 그 일자를 확인할 수 있습니다. 확정일자가 복사된 계약서 복사본이나 스캔본을 가지고 확정일자 발급 기관에 가 보면, 그 문서의 존재를 확인할 수 있습니다."

"아-!"

"그러네!"

슬슬 새로운 내용이 나오다 보니 탄성이 튀어나왔다.

"또 다른 경우가 있는데요. 임대차계약서에 임대인과 임차인 양자의 날인만 있고 중개사가 관여하지 않은 경우입니다. 아마 이런 경우가 있다면 참 얄밉겠죠?"

"그럼요, 엄청 미워요!"

"소개는 우리가 했는데 나중에 자기들끼리 만나서 해 버려요!"

"맞아! 그까짓 수수료 몇 푼 한다고!"

아주 이제는 원풀이식으로 성토하는 분위기다.

'빨리 끊어야지.'

"하하핫, 이럴 경우도 알고 계셔야 여러분들이 큰소리를 칠 수 있습니다. 만약 그런 경우가 발생했을 때, 도무지 그 계약서의 진위와 존재를 확인해 줄 제3자가 없어서 매우 골치가 아프게 됩니다. 이때도 역시 확정일자가 해결사가 되는 겁니다. 그럼 확정일자가 어떤 의미를 지니고 있는지를 정확히 알아보도록 하지요."

이번에는 좌측으로 슬금슬금 발걸음을 하는 담용이다.

"방금 전에 본 강사는 확정일자의 정의를 '경매 시에 배당받기 위해 필요하다.'라고 말한 바가 있습니다. 그렇다면 의미는 뭐냐? 바로 '공증'의 의미를 가진다는 것입니다."

"아! 공증……."

"확장일자가 공증이라니, 처음 듣는 말이네요."

"뭐, 변호사가 인정한 공증이 아니어서 확정일자 자체가 일종의 공증 역할을 한다는 뜻입니다. 확정일자는 경매 일자

이전에 해당 문서가 존재하고 있다는 점을 공적으로 확인해 주는 것이므로, 일종의 공증의 역할을 한다고 보면 되는 것이지요. 경매 이후에 분쟁이 생겼을 때 이를 증명해 줌은 물론 확정일자가 존재한다는 사실만으로도 경매 관련자들이 그 임대차계약서의 존재와 진위에 대하여 의심을 품지 않게 됨으로써 분쟁 자체를 없애는 효과가 있는 것이지요."

다시 중앙 무대로 발걸음을 한 담용의 입에서 큰 목소리가 흘러나왔다.

"그러므로! 본 강사는 저당권 하나 없는 깨끗한 집이나 상가를 임차할 경우에도 가급적 확정일자는 받아 두는 게 좋다고 강조하는 것입니다. 그러지 않으면 추후에 경매가 되고 난 뒤 낙찰자가 당신을 의심의 눈초리로 보면서 소송을 제기해 보거나 혹은 건물주와의 분쟁 시 계약서 분실로 인해 곤혹스러운 일을 겪을 수 있다는 점을 반드시 기억해 주시기 바라는 바입니다. 자, 본 강사의 말을 따라서 해 보실까요? 확정일자! 매사 튼튼 챙겨 두자!"

"매사 튼튼 챙겨 두자—!"

"쓸데없는 의심을 받을 필요는 없다!"

"쓸데없는 의심을 받을 필요는 없다—!"

"의심받을 여지를 두는 것도 죄악이다!"

"의심받을 여지를 두는 것도 죄악이다—!"

"예, 잘하셨습니다. 반드시 기억해 두시길 바라면서 다음으로 넘어가도록 하겠습니다."

쓰윽. 쓱쓱쓱.

'전세권'과 '전세'는 다르다.

"이번 역시 잘 알고 있는 부분일 것 같습니다만 조금 전 확정일자처럼 다시 한 번 반복 학습을 하시라는 의미에서 준비해 봤습니다."

"좋아요-!"

이제 관심이 조금 생겼는지 꾸벅꾸벅 조는 사람이 현저히 줄어들었다.

"우리는 월세 없이 보증금을 주고 집을 빌리면 보통 '전세'를 얻었다고 표현합니다. 이와 같은 전세는 법률적으로는 임대차에 해당한다고 하겠습니다. 그런데 이와는 달리 전세권의 경우는 전세 계약을 하고 그에 따라 해당 주택등기부에 전세권 등기를 기입하게 되는 것을 말합니다. 여기까지는 다들 잘 알고 계실 것으로 압니다. 다시 말하자면 전세는 채권 계약인 임대차에 해당하는 것이며, 전세권은 등기라는 절차를 거치는 물권에 해당한다고 하겠습니다. 또한 전세와 전세권의 차이점을 고려하여 전세를 채권적 전세라고 표현하기도 하지요."

말을 잠시 멈춘 담용이 백보드로 가더니 간단하게 세 글자를 썼다.

반전세

텅—!
강조하듯 마커로 백보드를 한 번 치고 무대로 나왔다.
"그렇다면 반전세란 무엇인가? 중간에 짚고 넘어갈 수밖에 없는 용어라 잠시 언급하고 가겠습니다. 바로 설명하자면 단독주택이나 아파트를 빌리되 보증금만 주고 빌리는 것이 아니라 월세와 보증금이 모두 있는 임대차를 우리는 반전세라고 부릅니다. 자, 다시 돌아가서 전세권과 전세는 어떠한 차이가 있을까에 대해 예를 한번 들어 볼까요?"
담용이 허리를 접고는 앞줄에 뭉텅이로 앉아 있는 아줌마 부대를 직시하며 말했다.
"주택 소유자의 채무 초과로 인해 주택이 경매에 붙여진다고 가정해 보지요. '채권적 전세'라고 하더라도 단독주택을 빌리면서 전입신고 및 확정일자를 받게 되면, 건물과 토지의 낙찰 대금에서 순위에 따른 배당을 받게 되지만, 해당 단독주택에 '전세권'을 설정한 경우에는 건물 부분의 낙찰 대금에서만 순위에 따른 배당을 받게 된다는 것을 아셔야 합니다."
"아! 그런……."
"그건 몰랐네요."

새로운 사실이었는지 수강생 모두에 눈에서 빛이 발산됐다.

사실 강사들이 구구절절 말은 많이 하지만 수강생 입장에서는 귀에 쏙 들어오는 내용이 그중 한두 가지에 불과하다.

아니, 그것으로 오늘 교육에 참가한 목적은 백 퍼센트 달성했다고 봐도 된다.

기실 협회에서 주관하는 교육은 다분히 강제성을 띠고 있었다.

사실 건설교통부에서 공인중개사들이 매년 정기적으로 의무교육을 받도록 지시를 내리기에 시행하는 것이다.

"단독주택의 경우는 그렇습니다만 대부분 아파트에 거주하는 분들이 많으시니 이번에는 그걸 예로 들어 보지요. 아파트는 전세권의 경우도 건물뿐만 아니라 대지의 낙찰 대금에서도 배당을 받으므로 차이가 없다고 하겠습니다. 우리는 이를 전문용어로 '종물이론의 종된 권리에의 유추 적용'이라고 합니다. 하하핫, 조금 어렵지요?"

"네! 쉽게 풀어서 말해 주세요─!"

"예, 그럴게요. 자, 전세권의 경우에 기간 종료에도 불구하고 전세권 설정자가 전세금을 지급하지 않으면 전세권자는 소송을 제기할 필요 없이 경매를 신청하여 전세금을 확보할 수 있습니다. 이를 임의경매라고 합니다. 그런데 채권적 전세의 경우에는 임차인은 소송을 통해 확정판결을 받아야만 경매를 신청할 수 있다는 것입니다. 우리는 이를 또 강제 경매라고 합니다. 이해가 가십니까?"

"네에—!"

아줌마 부대의 목소리가 갈수록 힘차다. 눈도 초롱초롱한 걸 보면 강의 내용이 들을 만하다고 여기는 모양이다.

"좋습니다. 또 한 가지는 전세권의 경우 전세권자는 경매 절차에 진입한 경우 이사를 자유로이 할 수 있지만, 채권적 전세의 경우에는 전입신고 및 확정일자를 갖춘 임차인이 이사를 하거나 주민등록을 이전할 경우 대항력 및 우선변제권이 없어져 별도의 임차권등기명령제도를 활용해야 하는 문제가 있습니다. 여기까지는 다들 아시지요?"

"네!"

"몰라요—!"

반은 진담, 반은 농담으로 지루함을 쫓는 아줌마들. 정말 열정이 대단했다.

그에 반해 아저씨(?)들은 데면데면했다. 그렇다고 강의에 열중하지 않는다는 말은 아니다.

이런 분위기에 편승해 담용도 우스갯말을 해 줘야 분위기가 한층 고조된다.

"하하핫, 그래서 배우러 온 것 아닙니까? 다 아시면 본 강사는 수입이 없어 굶어 죽거든요."

"호호호홋!"

"자, 계속하지요. 사실 채권적 전세가 일반적임에도 불구하고 임차인의 보증금 확보가 원활하지 못하면 민법에 있는 전세권과 유사한 권리를 만들어 준 것이 바로 주택임대차보호법상의 전입신고 및 확정일자를 통한 우선변제권입니다."

"아, 아—! 맞아."

"어머! 그게 그 말이었네."

"이를 고려하면 굳이 등기 비용을 들여 가면서까지 전세권 등기를 할 필요가 없지요. 즉, 주택을 빌리면서 임대차계약을 체결하고 또 동사무소에 전입신고를 하고 확정일자를 받았다면! 전세권을 설정한 것과 배당에 있어서는 별다른 차이가 없다는 것을 알 것입니다. 다만 말이죠, 전입신고 및 확정일자뿐만 아니라 전세권등기까지 마친 경우는 주택 임차인의 선택에 따라 전세권 또는 확정일자부 임차인의 권리까지 행사할 수 있다는 것이죠. 그런데 굳이 돈을 들여 가면서까지 이럴 필요는 없겠죠? 특히 저처럼 가난뱅이들이 말입니다. 그 실태 중에 하나의 예를 들어 보겠습니다."

그 말을 하고 홱 돌아선 담용이 백보드로 가서는 자신이 쓴 글자를 싹 지웠다.

그러고는 마커로 다시 글을 썼다.

-강사 육담용이 월세를 2회 연체했을 경우

"하하하핫."

"호호호홋."

소제목이 기발했는지 다들 웃느라 정신이 없다.

"끙, 본 강사의 사정이 이렇습니다. 그러니 졸지 마시고 잘 들어 주셔야 본 강사의 텅텅 빈 쌀독을 채울 수 있거든요."

"에이, 설마요!"

"거짓말!"

실제로 그런 사정일지라도 곧이 들리지 않는다는 표정들이다.

하기야 믿으라고 한 소리도 아니고 믿을 사람도 없다. 그냥 웃자고 한 말이지.

아무튼 끝까지 대단한 에너지를 발산하는 아줌마 부대들.

그렇게 핀잔 아닌 핀잔을 들으며 무대 끝에 발을 걸친 담용이 말을 이었다.

"근무를 하시면서 이런 경우를 보는 때가 가끔 있을 것으로 압니다. 상가나 주택을 임차한 경우 차임, 즉 월세를 2회분 이상 연체하면 임대인은 당연히 임대차계약을 해지할 수 있습니다. 뭐, 이와 같은 내용은 상식적인 것이라 다들 알고 계실 것입니다. 여러분이 상담을 하다 보면 월세를 2회분 이상 지급하지 않은 임차인도 임대인을 상대로 계약을 해지할 수 있는지 문의하시는 분들이 간혹 있을 것으로 압니다. 그렇지 않습니까?"

"예! 맞아요!"

"그럴 때는 조금 황당해요!"

"하하핫, 그럴 겁니다. 맞습니다. 차임연체로 인한 계약 해지의 권리는 임대인에게 인정되는 것이기 때문에 특약이 없는 한 임차인이 스스로 연체를 하고 그 차임 연체를 이유로 계약을 해지할 수 있다고 보기는 어렵습니다."

"맞아요!"

"상식적으로도 말이 안 되죠!"

"하핫, 임대차계약서에 보면 '차임 2기 연체 시 계약을 해지할 수 있다.'라고 규정하고 있는 경우가 많은데, 계약서에 그런 내용이 없다고 하더라도 민법 제640조에 '차임 2기 연체 시 임대인은 계약을 해지할 수 있다.'라고 명기되어 있습니다. 여기서 차임 2기 연체란 쉽게 말해 월세 2회분 연체를 의미합니다. 예를 들어 보지요."

쓱. 쓰윽. 쓱.

- 월세 1백만 원.

"자, 월세가 1백만 원이라고 가정하죠. 2회분이 누적됐다면 두 달, 그러니까 2백만 원을 연체해야 임대인이 차임연체를 이유로 계약을 해지할 수 있게 됩니다. 그런데 연체는 분명히 했는데도 불구하고 판단하기 어려운 경우가 있습니다.

예를 들면 3개월 동안 10만 원씩 연체를 했다면 연체한 달수는 3개월이나 되지만 연체 액수가 고작 30만 원에 불과해 차임 2기 연체로 판단하기는 어렵다는 것입니다."

"어머! 왜 그렇죠?"

"연체는 연체잖아요?"

"하하핫, 글쎄 말입니다. 연체한 건 맞죠. 다만 조금 애매한 점이 있습니다. 그걸 한번 알아보도록 하죠. 임대차계약서 특약란에 '임차인이 1회라도 차임을 연체한 경우 임대인이 임대차계약을 즉시 해지할 수 있다.'라고 약정하였다면, 이러한 약정은 유효할까요, 아니면 유효하지 않을까요? 어디 대답을 한번 해 보시겠습니까?"

"유효해요!"

"무효가 아닐까요? 방금 애매하다고 했으니 말이에요, 호호홋!"

"유효ㅡ!"

여기저기서 톤 높은 음성들이 중구난방으로 들려왔다.

강의가 거듭될수록 급격하게 관심들이 쏠리고 있다는 증거였다.

"예에! 답이 나왔네요. 위와 같은 약정은 무효로 판단될 가능성이 높다고 말씀드릴 수 있겠습니다."

"아니, 왜요?"

"연체를 했는데도요?"

"설명을 드리도록 하지요. 에–! 민법 제640조에 의하면 건물 등의 임대차에 있어 차임연체액이 2회분에 달할 때 임대인의 계약해지권을 인정하고 있습니다. 그러나 민법 제652조에 따르면 민법 제640조를 위반한 임대인과 임차인의 약정이 임차인에게 불리하다면 그 효력을 부정한다고 되어 있습니다."

"에? 그게 무슨 말이죠?"

"차임 2기 연체로 인한 계약해지가 계약서에 규정되어 있는 경우는 약정해지권으로 볼 수 있겠지만, 계약서에 규정되어 있지 않은 경우는 민법 제640조에 따른 법정해지권으로 해석될 여지가 있습니다."

모두들 궁금한지 시선들이 온통 담용에게로 쏠렸다.

"풀어서 설명을 드리자면 이렇습니다. 임차인이 3회에 걸쳐 차임, 즉 월세를 연체했다면 분명히 해지 사유가 됩니다만, 위와 같은 경우는 2회 차임 연체가 2백만 원이라 3회에 걸쳐 연체했더라도 금액이 30만 원이라면 단 1회 연체에도 못 미치기 때문에 해지할 수 없다고 민법에 명시되어 있는 것이지요."

"아–!"

"듣고 보니 그러네요."

사실 별 내용도 아닌데 이런 경우가 드물다 보니 새로운 사실을 알았다는 듯 서로 수군거리느라 장내가 잠시 어수선해졌다.

"본 강사는 여러분들이 상담을 하면서 해지권이라는 것이 계약의 일방 당사자가 상대방의 의사를 고려하지 않고 일방적으로 행사하는 것이란 사실을 간과하고 계시는 분들이 많을 것으로 봅니다."

"맞아요."

"저도 그런 경험이 있었어요."

"그러시군요. 계약의 일방 당사자가 해지권을 행사할 때는 그에 맞는 근거가 있어야 합니다. 그러한 근거가 계약서에 있다면 약정해지권으로 해석될 여지가 있고, 그러한 근거가 법률에 규정되어 있으면 법정해지권으로 해석될 여지가 있다는 것이죠. 이것이 법의 묘용이지요."

약정해지권과 법정해지권의 차이.

"계약에 있어 일방 당사자가 일방적인 의사로 행사하는 해지권과 달리 합의로 계약을 없었던 것으로 만들 수도 있는데요. 이것을 법적 용어로 말한다면 '합의해지'라고 말합니다. 또 합의해지는 약정해지권 또는 법정해지권이 있는지 여부를 떠나, 당사자 사이의 합의로 계약을 차후에 해지하는 것으로 생각하면 됩니다. 이때 원상 회복 문제도 서로 합의해서 정리하면 될 것입니다."

"아휴! 복잡하고 어려워요!"

그렇겠지, 법률 용어들이 난무하고 있으니까.

"하하핫, 끝나고 나가실 때 협회 측에서 프린트물을 나눠 줄 겁니다. 거기에 상세히 쓰여 있으니, 오늘 들은 강의를 참조하시면 충분히 이해가 가실 겁니다."

"아이고! 그래도 이해하지 못할 것 같아요!"

담용이 보니 대략 40 전후의 귀염성 있는 얼굴에 약간 통통한 몸매의 여수강생이었다.

"하핫, 방금 말씀하신 여사장님, 하나 물어볼게요."

"뭔데요?"

"아이큐가 두 자리 수를 넘지요?"

"그럼요. 117이에요. 고등학교 때 쟀어요."

"와! 엄청 높으시네요. 저는 겨우 100을 넘겨 셰퍼드보다 조금 낫다는 게 얼마나 다행인지 모릅니다. 하마터면 개보다 낮을 뻔했으니까요."

"호호홋! 거짓말!"

"하하하……."

"아! 진실을 말해도 믿지 않는 서글픔이 본 강사를 다시 강의로 이끄는군요. 어쨌든! 세월이 조금 흘렀다지만 아직은 충분히 이해하고도 남을 테니 걱정하지 않으셔도 됩니다. 이해하기 쉽도록 풀어서 써 놨거든요."

"호호홋, 그냥 해 본 말이에요."

'쿵! 아줌마, 장난 삼아 돌 던지지 마요. 개구리는 생사의 기로에 서 있다고요.'

약을 올리듯 실실 웃는 얼굴을 보고 확 내지르고 싶다.

하지만 강사는 어떤 경우에 처하더라도 재치 있게 받아넘길 줄 알아야 한다.

백인백태를 상대하려면 그건 기본으로 갖추고 있어야 할 소양에 속했다.

"역시 그럴 줄 알았습니다. 자, 진도를 나가지요. 그렇게 본 강사는 약은 수를 써서 30만 원을 아꼈고, 아직도 쫓겨나지 않고 여태 살고 있습니다. 사람은 이래서 알아야 한다는 거지요. 사실 본 강사 같은 사람 세입자로 있으면 주인은 좀 애를 먹을 겁니다. 이거 괜히 말했나 봅니다."

"왜요?"

"그게 말이죠. 혹시라도 여기 계신 분들 집에 본 강사가 방을 얻으러 오면 바로 내쫓을 것 아닙니까?"

"쿠쿠쿡."

"키키킥."

담용의 천연덕스러운 말에 웃음을 참는 소리가 여기저기서 들려왔다.

"이번에는……."

쓱. 쓱. 쓰쓱.

- 보증금 변제 후 입차권등기의 방치

"자, 임대차가 끝난 후 보증금이 반환되지 아니한 경우 임차인은 법원에 임차권등기명령을 신청할 수가 있습니다. 그런데 건물주가 보증금을 반환해 주고도 미처 임차권등기를 말소하지 않은 상태로 수년째 방치하는 수가 있습니다. 아마 그런 경험을 가진 고객이 방문해서 상담을 해 온 적이 있을 겁니다. 그렇죠?"

"네에―!"

"많아요!"

"하핫, 소유자가 추후에 이를 말소하려고 해도 임차인의 행방을 몰라 말소 협조가 안 되어 곤란한 상태에 빠지게 됩니다. 설상가상으로 보증금 변제를 한 영수증이 없는 경우라면 더 그렇죠. 이런 경우에는 결국 재판을 통하게 되는데, 그것이 바로 '임차권등기 취소 신청'이라는 겁니다."

별것은 아니었지만 사사로이 대화를 좀 나눴다고 눈을 또릿또릿 뜬 채 집중하는 통통한 여사장과 눈을 맞추며 담용이 강의를 이어 갔다.

"주택임대차보호법 제3조 제3항 3호를 보면 임차권등기명령의 취소 신청 및 그에 대한 재판을 신청해야 하는데, 민사집행법…… 아! 몇 조더라?"

톡톡톡.

담용이 마이크로 머리를 몇 번 쳐 대더니 퍼뜩 떠올랐는지 입을 열었다.

"아! 제286조 제1항이로군요. 하하핫, 간신히 아이큐 100을 넘긴 탓에 가끔 회로가 끊기면 이렇게 충격을 줘야 생각이 나니 이해하십시오."

"크크큭."

"푸푸풋."

"제286조 제1항에 따라 법원이 심문기일을 정하고 당사자에게 이를 통지하게 됩니다. 법조항이 들어가서 말이 다소 복잡한 법리인 것 같지만, 의외로 간단하니 어렵지 않을 것입니다. 다만 임차인들의 주소가 불명인 경우나 사망한 경우에는 상속자들도 있을 것을 감안하면, 좀 번거로워지긴 하겠지요. 그래도 절대 복잡하지 않다는 것을 유념하시기 바랍니다. 그럼 어째서 그러냐고 반문하시겠지요."

쓱. 쓰쓱.

-소멸시효

이번에는 달랑 네 글자만 썼다.

"가장 확실한 증명은 변제 증명, 즉 보증금 환불 영수증입니다. 그러나 대개는 오래된 탓에 이런 영수증이 없는 경우가 많습니다. 그렇다면 방법이 없을까요?"

"에이, 있으니까 말씀하시겠죠."

"하하핫, 예, 맞습니다. 바로 소멸시효라는 것입니다. 임대인이 '임차보증금반환채권이 10년의 소멸시효가 완성하여 소멸하였다.'라는 주장을 하거나 혹은 민사집행법 제……

아! 또 머리를 쳐야겠군요. 에이! 이놈의 돌대가리!"

톡톡톡.

"아, 생각났네요. 제288조 제1항 제3호에 근거해서입니다. 이게 뭔 내용이냐면요. 가압류가 집행된 뒤에 3년간 본안의 소所를 제기하지 아니한 때에 해당한다는 주장입니다. 그렇게 되면 손쉽게 승소할 수 있습니다."

10년의 소멸시효 혹은 3년간 가압류 소의 방치.

"에구, 어느새 시간이 다 되었네요. 저는 이때가 제일 좋습니다만 여러분은 어떠신가요?"

"조금 더 해 줘요-!"

"그래요! 딱 1시간만 더 해요!"

"어라? 그렇게 성토해 주면서 얼마나 받기로 하셨어요?"

"키키킥, 천만 원!"

"호호홋, 1억!"

"아! 다음에는 저도 끼워 주세요. 강사료 이거 입만 아프고 몇 푼 못 받거든요."

"네에! 얼마든지요!"

"하하핫, 마지막으로 자투리 시간 동안 질문을 받도록 하겠습니다. 시간 관계상 딱 한 분에게 받지요. 대신에 제가 알고 있는 걸로 부탁드릴게요. 자, 질문-!"

"저요-!"

"저어요-!"

서로 질문하겠다는 열의는 알겠는데 거의 발작 수준이다.

특히 여사장들이 더 적극적이었다.

아마도 지금 자신들의 사무실에 당면해 있는 문제들일 것
으로 추측이 됐다.

이런 시간이 아니면 물어볼 곳이 별로 없어서다.

"예, 거기 노란색 아웃도어를 입으신 예쁜 여사장님."

사실 평범한 용모였지만 예쁘다는데 싫어하는 여자는 여
태 못 봤다.

"호호홋, 감사해요!"

"되도록이면 간단명료하게 질문해 주세요."

"네! 저의 사무실의 경우인데요."

'역시 예상을 벗어나지 않는군.'

"질문하고자 하는 요지는요. 건물주가 저희와 처음 상가
임대차계약을 체결하면서 건물주의 요구로 원래의 계약서
외에 보증금과 월세를 다운시킨 세무서 신고용 임대차계약
서를 작성해 달라고 해서 해 줬거든요."

이런 경우가 의외로 많다. 저질스러운 갑의 횡포 중 하나
이기도 했다.

"예, 그래서요?"

"그런데 이번에 갱신하면서 월세를 너무 많이 올리는 거예

요. 그러면서 또 세무서 신고용 계약서를 요구해서 못 하겠다고 했어요. 그런데 사무실을 비우라고 하네요. 이럴 때는 어떻게 대처해야 되죠?"

"흠, 잘 들었습니다. 참으로 이러지도 저러지도 못할 상황에 처한 것 같네요. 아마 여사장님 외에 다른 분들도 이런 경험을 하셨을 줄 압니다. 아니, 지금 당하고 계실지도 모르겠네요."

건물주에게 대놓고 말하지 못하는 고민들.

담용은 잠시 생각에 잠겼다.

생각에 잠긴 이유는 기억의 전도체를 건드리기 위해서였다.

그렇듯 지금까지 기억의 전도체를 건드려 부동산 지식을 꺼내 강의를 이어 온 터였다.

기억의 저편에서 대학에 진학하지 못한 한풀이를 하듯 수많은 책을 섭렵했던 덕에 다양한 지식을 지니고 있는 담용이었다.

물론 평범한 사람이라면 공부를 했다고 해서 전부를 기억하기 어렵겠지만, 지금의 담용은 결코 평범하지 않아 가능한 일이었다.

담용이 입을 뗐다.

"건물주분들이 세금을 내는 게 아까워서도 그런 요구를 했겠지만, 십중팔구는 욕심을 더 부리려는 것이겠지요. 본 강사가 땟거리도 없는 데 비하면 너무 불공평한 것 같네요. 자, 설명을 드리도록 하겠습니다. 질문의 요지는 이렇습니다. 상가 임대차계약을 체결할 때 임대인의 요구로 실제 계약서와 세무서 신고용 계약서를 따로 작성하는 경우인데요."

'아, 목말라.'

얼른 단상의 물을 한 모금 들이켰다. 그러고 보니 오늘 처음 물을 마신다.

"에, 여러분들이 상담을 하다 보면 이와 같이 상가 임대차 이중 계약 사례가 의외로 많을 수 있음을 알아야 합니다. 이중 계약을 작성한 경우 임대인과 임차인 사이에 사이가 좋다면 법률적 문제가 발생하지 않을 수도 있겠지만, 사이가 틀어지면 문제가 발생할 여지가 다분하지요. 바로 조금 전 질문하신 여사장님이 그런 경우인데요."

담용이 질문한 여사장을 힐끗 쳐다보고는 계속 말했다.

"사이가 나빠진 경우 과연 어떠한 문제가 주로 발생할까요?"

대답하라고 묻는 질문은 아니어서 쭈욱 둘러보니 강의실이 조용했다.

'하! 바늘이 떨어져도 쿵 소리가 날 것 같네.'

그렇듯 수강생 모두가 담용의 강의에 집중하고 있다는 것은 이 문제가 남의 일이 아니라는 걸 가르쳐 주고 있었다.

당장 처한 경우도 있을 것이고 또 앞으로 얼마든지 벌어질 수 있는 일이라 그렇다.

통-!

담용이 분위기를 고조시키기 위해 백보드를 한번 쳤다.

"자! 그럼 어떤 상황이 벌어지는지 한번 살펴보죠. 우선 임대 기간 또는 보증금 내지 월세 인상과 관련해 임대인과 임차인 사이에 분쟁이 발생하여 임차인이 임차 부동산을 비워 주어야 하는 상황이 발생하게 되어, 임차인이 임대인에게 타격을 줄 방안을 강구하는 경우입니다. 그러니까 괘씸해서 타격을 먹이고 싶은 거지요. 가장 흔한 방법, 임차인이 임대인에게 세무서에 신고할 수 있다는 취지의 언급을 직접적으로 해도 되는지, 또 그로 인하여 이익을 얻어도 되는지의 문제일 것입니다. 여사장님, 맞습니까?"

"완전 족집게세요-!"

"하핫, 강사 자리 쫓겨나도 자리를 깔고 돈을 벌게 되면 밥줄은 안 끊기겠네요. 자, 임차인이 임대인에게 세무서에 신고할 것이라고 고지를 한다면 그 고지는 임대인 입장에서 협박으로 느껴질 수도 있고 또 그러한 고지로 인해 임차인이 이익을 얻게 된다면 공갈로 판단될 여지가 있습니다. 즉, 양날의 검이 되는 셈이랄까요?"

"저는 공갈칠 생각은 추호도 없어요-!"

"물론 그러시겠지요. 또 당연히 그러셔야 하고요. 설명을 이어 가도록 하지요. 임차인이 임대인에게 세무서에 신고하겠다고 언급하는 것은 상황에 따라 형사상 협박죄나 공갈죄에 해당할 가능성이 있어 주의할 필요가 있습니다. 그렇다고 해서 임차인이 임대인을 세무서 또는 수사기관에 고발하는 것이 금지되어 있지는 않습니다. 이 점 꼭 참고하세요."

"네에-!"

"임차인이 임대인에게 세무서에 신고하겠다고 고지하면서 이익을 취하는 방법 대신 아무런 고지 없이 세무서 또는 수사기관에 고발을 하게 되면 임대인은 자신의 행동에 대한 법적 책임을 지게 될 확률이 높습니다. 왜냐하면 세무서 신고용 임대차계약서를 만들어 이를 세무서에 제출한 것은 분명 조세 포탈 행위로 판단되기 때문이지요. 하하핫, 세무 문제까지 나오니 점점 복잡해지는 것 같네요."

"괜찮아요! 강사님 최고-!"

꾸우벅.

"감사합니다. 세무적인 문제의 경우 포탈 금액이 일정한 법정 금액을 넘어야 세금이나 가산금 추징 이외에 형사 조치가 내려지는데요. 해당 임차인과 임대인 사이의 세무서용 임대차계약서상 포탈 금액이 설사 그 금액에 미치지 않더라도 임대인과 임차인과의 사이에 세무서용 임대차계약서를 작성한 사실이 있고 또 조세 포탈 금액의 합계가 해당 법정 금액에 도달할 경우, 형사 조치에서 벗어나지 못할 가능성이 많습니다. 고로 여사장님께서 바른 맘만 먹는다면 임대인의 불법에 대해 철퇴를 가할 수 있을 것으로 사료되는 바입니다. 이상입니다. 도움이 되셨으면 좋겠습니다."

"네에! 아주 명쾌하게 설명해 주셔서 감사해요!"

"하핫, 그럼 오늘 강의는 이것으로 마치도록 하겠습니다. 수고하셨습니다."

꾸우벅.

짝짝짝짝짝……

우렁찬 박수 소리를 느낀 담용이 연방 돌아가면서 인사를 했다.

그런 와중에 출입문 쪽에 서 있던 오덕만 부장이 이빨이 보일 정도로 웃으며 엄지를 척 올리는 것을 볼 수 있었다.

각자도생

잠실 신천역.

한 달이 그리 넉넉한 기간이라고 볼 수 없어 담용은 송파구에 위치한 신천동으로 향하고 있었다.

J빌딩의 분양 건 때문이었다.

쇠뿔은 단김에 빼랬다고 서두른 것이다.

무려 1백억 원에 달하는 수입이 걸려 있는 부동산 건이었다.

그래서 오늘 하루 이 일에 몰두해 처리하기로 마음을 먹은 상태였다.

목적지는 HG주식회사다.

J빌딩에 분양받아 입주한 것이 소문이 났던 탓에 이름은

들었지만 인연이 없는 회사였다.

사실 기억의 저편에서 다단계나 네트워크 마케팅에 대해 공부를 좀 했었다.

모두 생활고로 인한 탓이었지만 적응하지 못하고 살짝 발만 담갔다가 빼 버렸던 담용이다.

그 당시 들었던 용어 중에 '멀티 레벨 마케팅'이라는 말이 있었다.

이 용어를 한국어로 풀이하면 바로 '다단계'가 되고, 그 시작점이기도 했다.

네트워크 마케팅이란 용어는 본시 소비자들이 광고를 보고 구매하는 것보다 아는 지인들이 실제로 써 보고 느낀 점을 경험으로 삼아 제품을 구매한다는 의미다.

거기에 국내 중소기업을 살린다는 취지도 있다. 당연히 인적 네트워크를 이용한 마케팅인 것이다.

바로 단어의 차이만 있을 뿐, 다단계인 것이다.

다만 불법적인 다단계 회사냐 합법적인 다단계 회사냐에 따라 거기에 종사하는 사람들의 명암이 엇갈린다고 보면 맞다.

고로 담용이 전혀 모르는 상태에서 찾아가는 것은 아니라는 얘기.

부앙—!

잠시 정차했던 전철이 종합운동장역을 출발하는 경적 소

리다.

담용은 애마를 사무실 주차장에 두고 전철을 이용해 목적지로 가고 있는 중이었다.

'조 과장이 애를 쓰긴 했다는데 잘될지 모르겠네.'

사실 HG주식회사와는 아무런 연고가 없어 인맥을 좀 동원했는데, 그 인맥이 바로 국정원의 조재춘이었다.

무턱대고 찾아가 빌딩이 있으니 매입하라고 한다면 미친놈 소릴 듣기 십상이라 약간의 사전 작업이 필요했던 것이 그 이유였다.

인맥이 있음에도 써먹지 않는다면 그 사람은 바보나 다름없을 것이다.

담용은 바보도 아니었고, 다시 한 번 기억해 볼 양으로 조재춘과 나눈 대화를 떠올려 보았다.

─담당관님, HG는 산업자원부에서 관련하고 있더군요.

"어? 그럼 산업자원부가 관리하는 겁니까?"

─관리하는 건 아니고 중소기업들과 관련이 있어서 관계하고 있다고 합니다.

"다단계 회사가 중소기업과 관련이 있다는 소리는 의외네요?"

─아, 그 이유는 이렇다고 하네요. 혹시 AW회사를 아십니까?

"아, 조금요. 그거 외국계 다단계 회사로 알고 있는데요?"

－맞습니다. 그 회사는 주력 상품을 직접 제조해 원료를 수입해 판매를 하는 기업으로 제조와 유통을 병행하는 방식으로 운영하는데 반해 HG는 유통만을 전문으로 하는 회사라는 것이죠. 더군다나 국내 기업이고요.

"차이가 뭐죠?"

－차이라면 HG의 경우 직접 제조를 하지 않기 때문에 소비자 중심으로 완전히 유통만을 전문으로 한다는 겁니다. 그 말은 품질이나 가격을 소비자가 만족하지 못하면 언제든지 제조사를 바꿀 수 있다는 것이죠. 그 때문에 기업은 품질을 향상시키게 되고 또 유통이 활성화됨으로써 수많은 중소기업들을 살릴 수 있다는 이론인 거죠.

"아! 중소기업이 그런 식으로 관련되다 보니 산자부가 가만히 있을 수 없다는 거로군요."

－그렇죠. 그뿐만 아니라 중소기업 활성화 방안으로 연말이 되면 우수기업을 선정해 시상식도 한다고 합니다. 더구나 HG는 벌써 3회 연속 우수 기업으로 선정됐답니다.

"하핫, 공부를 많이 하셨네요."

－뭐, 관계 담당자에게 조금 주워들었을 뿐인걸요.

"혹시 지나가는 말이라도 사옥을 매입할 계획이 있다는 소리는 못 들었습니까?"

－그렇지 않아도 물어봤는데, 얼핏 그런 말이 나오고 있다

고 했습니다. 게다가 적당한 사옥이 있으면 소개를 해 달라
고도 했다더군요. 아마 공신력 때문인 것 같습니다.

"호오! 그거 잘됐네요."

―하하핫, 그래서 알아보는 김에 조금 더 애를 써 봤습니
다.

"예? 뭘……."

―HG에 사옥 매입을 위한 태스크포스팀이 있다더군요.

"어? 정말요?"

담용은 불감청고소원인지라 반색을 했다.

―예.

"그럼 제가 누굴 찾아가면 됩니까?"

―담당자가 함민철 총괄본부장을 찾아가면 된다고 했습니
다.

"연락을 좀 해 달라고 하지 그랬어요?"

―당연히 했지요.

"하하핫, 이거 고마워서 어쩌죠?"

―흐흐홋, 알아서 하십시오. 뭐, 대놓고 손을 벌릴 수는 없
지 않겠습니까?

알아서 하라는 소리가 더 무섭게 들린다는 걸 알기나 할
까?

"하핫, 그, 그렇죠."

―아, 산자부 담당자 이름은 오병관입니다. 알고 가셔야

할 것 같아 알려 드리는 겁니다.

"오병관. 알았습니다. 아무튼 수고가 많으셨습니다."

─뭘요. OP가 하는 일인걸요.

"에이, 거기에 그 말이 왜 들어갑니까?"

─사실 담당관님의 사직서가 신의 한 수로 작용한 덕이지요. OP가 원하는 건 이유를 불문하고 '무조건 들어줘라.'라는 방침이 내려와 있으니까요.

'아놔, 부담되게시리……'

"조 과장님, 이만 끊겠습니다."

─넵, 수고하십시오.

통화를 끝내고 보니 사직서가 되레 올가미가 된 기분이었다.

'쩝, 사직서가 덤터기가 되어 돌아왔어.'

그러는 동안 어느새 신천역에 도착했다.

담용이 출구를 빠져나올 때다. 별안간 사람들이 떼를 지어 우르르 몰려나오는 통에 얼른 한쪽으로 비켜서야 했다.

"뭐야? 웬 사람들이 이렇게 많아?"

중년의 남녀는 물론 젊은이들도 한데 뒤섞인 무리들이 전철을 타기 위함인지 끝도 없이 밀려왔다.

한낮의 조용하던 전철역이 떼를 이룬 사람들로 인해 순식간에 시장 바닥처럼 시끌시끌해졌다.

목소리의 톤이 높은 데다 흥분에 가까운 대화를 나누며 삼삼오오 무리 지어 빠져나가는 데만 제법 시간이 걸렸던 탓에 담용은 한참을 그렇게 서 있어야 했다.

'근처에 무슨 행사가 있었나?'

지나치는 사람들이 조금씩 줄어들자, 담용도 발걸음을 옮겨 출구를 겨우 빠져나왔다.

"후우."

크게 심호흡을 한 담용이 목적지로 향해 걸어가면서 오랜만에 대하는 주변 풍광을 둘러보았다.

가장 먼저 눈에 띄는 건물은 도로 건너편의 높다란 HL건설 빌딩이었다.

'HL건설?'

로고만 봐도 뇌리에 퍼뜩 떠오르는 건 대전의 공장 부지 매각이었다.

'맞다, 저 회사도 문제가 많지.'

HL건설도 대한민국의 여느 기업들과 마찬가지로 자금 불통으로 경색이 되어 있는 상황이었다.

'어라, 그러고 보니……?'

HL건설을 보니 야쿠자의 자금이 은닉되어 있는 대전산업단지와 오버랩이 됐다.

이유는 HL건설이 대전산업단지에 소재한 공장 부지를 팔지 못해 숨통이 탁 막혀 있어서였다.

문제는 워낙 대규모의 공장 부지라 매입자를 구하기 어렵다는 점이었다.

처분하기 곤란한 이유가 몇 가지 있다.

첫째는 면적이 넓어 필요로 하더라도 웬만한 기업은 매입하기 어렵다는 점.

둘째는 산업 단지 내여서 가격이 높다는 점.

셋째는 향후 토지가 상승을 기대하기 어렵다는 점.

넷째는 공히 문제가 되는 것으로, 지금이 외환 위기의 불경기라는 점이었다. 즉, 필요하다고 해도 자금을 동원할 능력이 없다는 것.

'바인더북에도 적혀 있지 않을 텐데…….'

이건 분명한 사실이었다.

HL건설은 담용과 전혀 관련이 없었던 회사인 데다 추후 어떻게 됐는지도 알지 못했기 때문이다.

'생각을 해 봐야겠군.'

국내 대기업의 방계 회사라 얼마간 줄어들긴 했어도 도산되는 일은 없었다.

기억 저편에서도 변함없이 건재했으니까.

하지만 직원들을 대폭 감축하는 사태가 벌어지면서 실업자가 엄청나게 양산됐다는 것은 매스컴을 통해 알고 있었다.

뭐, 대전산업단지의 공장 부지를 팔지 못한 것이 주된 원인은 아니었지만, 회사 나름대로 내부에 총체적인 문제가 있어서일 것이다.

다만 공장 부지만이라도 해결될 수 있다면, 조금 더 나아질 것 같다는 생각에 마음이 쓰였다.

실업자가 양산되는 일을 미연에 방지할 수만 있다면, 그 자체만 가지고도 야쿠자들의 자금을 쓰는 이들이 줄어들 것이다.

설사 향후 제도권 금융으로 진출한다손 치더라도 그만큼의 인원이 줄어드는 효과가 있으니, 적극적으로 나서서 해결할 필요가 있었다.

물론 혹자는 재벌들에게 좋은 일만 한다고 하겠지만, 지금은 그럴 것을 따질 시기가 아니었다.

'그래, 내가 이 시기에 존재한다는 것은 그런 걸 해결하기 위함이 아니던가? 까짓것 해 보자고. 이따가 HL건설도 들렀다 가야겠군.'

담용의 결심이 섰을 때, 어느 사이 목적한 회사가 있는 고층 빌딩 앞에 도착했다.

'아! 조금 전 그 사람들이 여기서 우르르 몰려나온 거로구나.'

아직도 계속해서 많은 사람들이 몰려나오는 걸 본 담용이 조금 전의 인파가 바로 HG의 회원들임을 알아챘다.

'IMF가 사람을 여럿 죽이는구나.'

망할 놈의 정치인들.

제 주머니 속의 돈들은 꽁꽁 숨겨 놓고 단 한 푼도 내놓지 않는 작자들이 정치인이다.

　관치 금융으로 얼마나 배를 불렸을까?

　이제는 담용도 그런 논리쯤은 어느 정도 안다.

　아는 만큼 열불이 나고 속도 엄청 쓰려 오는 역효과도 있었다.

　빌딩에서 몰려나오는 인파로만 보면 국내 제1의 기업이 아닌가 하고 착각이 들 정도였다.

　'그러니까 다단계 직원들이란 말이지.'

　계단을 올라 로비로 들어서니 여기도 사람들로 바글바글했다.

　그 와중에 제일 먼저 눈에 들어온 것은 안내판이었다.

　'와! 도대체 몇 층을 쓰는 거야?'

　세어 보니 무려 열한 개 층이 한결같이 'HG'라는 명칭이었다.

　이를 증명하듯 로비에 없는 것이 없을 만큼 적지 않은 편의 시설이 갖춰져 있었다.

　상담실, 휴게실, 커피숍, 서점, 문방구(?), 매점 그리고 상품 전시장에 이어 판매장 등이다.

　그리고 지하에 식당이 있음을 뜻하는 표지판까지.

　무엇보다 회원들의 분위기가 활기차다는 점이 아이러니했다.

그 모습만 보면 다단계 회사라고 해서 색안경을 끼고 볼 수만은 없을 것 같다.

'정말 대단하네.'

아무튼 기억의 저편에서 발을 잠시 담갔던 다단계 회사와는 차원이 달라도 너무 달랐다.

구멍가게와 대형 마트의 차이랄까.

아울러 다단계 회사, 아니 네트워크 마케팅 회사가 왜 상상을 초월할 정도로 빠른지 조금 이해가 되는 것 같았다.

중앙의 큼지막한 안내 데스크로 가서 물었다.

"어서 오세요. 사장님. 뭘 도와 드릴까요?"

회사 가운을 입은 늘씬한 아가씨가 친절하게 응해 왔다.

"함민철 본부장님을 만나려면 몇 층으로 가면 됩니까?"

"아, 약속하셨습니까?"

"약속은 안 했지만 산업자원부에서 보낸 사람이라고 하면 알 겁니다."

"자, 잠시만요."

산업자원부란 말이 꽤 효과가 있었는지 데스크 아가씨가 얼른 전화를 들고 통화를 하더니 이내 담용을 보고 말했다.

"모시라고 하셨습니다. 안내해 드리겠습니다. 저를 따라 오십시오."

"고맙습니다."

담용이 함민철을 만나 J빌딩에 대해 프로모션을 하는 그 시각, 태평양 건너 미국 버지니아 주 랭글리 공군기지 인근에 위치한 플루토 본부에서는 긴급회의가 열리고 있었다.

　수뇌급의 회의였는지 참석한 이들은 딱 네 명.

　거기에 중간 간부에 속하는 레드폭스 팀장인 코란트가 함께하고 있었다.

　플루토의 수장인 본부장 멜란더의 입에서 다소 격앙된 음성이 흘러나왔다.

　"마이어 그룹의 체프먼 회장이 무슨 수단을 썼는지 국방장관을 움직였어."

　"본부장님, 클레어 장관이 움직였다니요, 그게 무슨 말입니까?"

　"아니, 체프먼 회장이 아무리 돈다발을 싸 들고 온다고 해도 움직일 클레어 장관이 아니잖습니까?"

　"할시, 레이, 체프먼 주니어가 죽기 전에 비서인 피트의 메일에 이번 일에 관한 내용을 보냈다고 해."

　"그렇다면 체프먼 주니어가 이렇게 될 걸 예상했단 말입니까?"

　"레이, 웬 엉뚱한 소린가? 그냥 장난처럼 끄적인 수준이라구. 그런데 그것이 절묘하게 맞아떨어진 거지. 일이 잘됐다면 장난 글로 끝났을 어린아이의 투정, 그 이상도 그 이하도 아냐."

"하지만 지금은 문제가 됐다는 말이 아닙니까?"

"맞아."

"대체 내용이 뭡니까?"

"대충 말하면 이래."

—대디, 욱하는 마음에 일을 시켰어요. PL에게요. 조사해 보면 누군지 알 거예요. 실패할 가능성은 전무하지만 만약 실패했다면 타일러처럼 실종됐을 거예요. 죽었을지도 모르고요. 뭐, 아니면 말고요, 크크크큭. 근데 여기 너무 지겨워요. 중동으로 가고 싶어요.

"미친놈……."

"PL이면 우리를 말하는 거잖습니까?"

"그 때문에 클레어 장관이 대선 기간임에도 관심을 보이는 거다. 우리가 국방부 소속이라 더 그렇고. 어찌 됐든 물은 이미 엎질러졌어. 수습이 관건이니 말들 좀 해 봐. 코란트!"

"옛!"

"네 소속 아이들이잖아? 어떻게 생각해?"

"할 말이 없습니다."

"맞아, 할 말이 없는 게 당연해. 그런데 너무 간단한 대답이라고 여기지 않나?"

"면목이 없긴 하지만, 해결책은 하루빨리 코리아에 요원을 보내 알아보게 하는 것입니다."

"그 전에…… 코리아에 에스퍼가 있나, 없나?"

"없는 걸로 알고 있습니다."

"나 역시 그리 생각해. 그런데 체프먼 주니어가 왜 죽었을까? 아, 아. 낙상 같은 소린 하지도 마라."

"저도 그런 시답지 않은 말은 믿지 않습니다. 다만 메일의 내용이 사실이라면, 두 요원이 의뢰를 받은 건 틀림없어 보입니다. 잘못됐다고 여기지는 않지만 현재 연락이 두절된 상태라……."

"어시스턴트의 보고는 없었나?"

"그것이…… 따라가지 않았습니다."

"뭐라? 그게 무슨 소리야? 매뉴얼은 폼으로 있는 거야!"

"……."

"하! 총체적 난국이로군. 이거…… 평화가 너무 길었어."

"제가 직접 가겠습니다."

"자넨 안 돼. 곧 새로운 훈련생이 들어오잖아? 파이를 키우는 것도 중요하니 다른 요원을 보내."

"하면 누굴……?"

"그 아이들이 찰리와 델타였나?"

스캇과 케이힐을 말함이다.

"옛!"

"그럼 브라보 한 명에 찰리 하나를 달려서 보내도록."

"알겠습니다."

"어시스턴트를 잊지 마!"

"옛!"

"두고 보도록 하지. 할시!"

"예."

"랭리의 슈먼 부장에게 협조를 구하게. 인원을 대폭 늘려 걔들을 찾는 데 전념해 달라고 하게."

"알겠습니다."

"레이, 국무부에 누가 있는 걸로 아는데?"

"아시아 지역 부서에 듀크 대학 동창이 있습니다."

"잘됐군. 그를 통해 여차하면 코리아 정부의 도움을 받을 수 있도록 사전 작업을 해 놓게."

"그러죠."

"아참! 치나의 일은 입 밖에도 벙긋하지 말도록. 모두 침묵하란 말이다."

"옛!"

"알겠습니다."

"알렉스는 고아 출신이라 조금 편하긴 한데…… 그래도 랭리 놈들에게 뭔가를 좀 받아 내야 하지 않겠어?"

랭리나 랭글리란 말은 전부 CIA를 두고 하는 말이다.

"이번 코리아의 일에 수족처럼 부려먹는 것도 괜찮겠지요."

"하긴 애덤 그놈이 원흉이긴 하지. 좋아, 그 정도로 하고 모두들 차질 없이 준비해서 실행하도록. 이만하지."

"넵!"

마포구 정보망팀의 거처는 단독주택인 2층짜리 살림집에 전세로 든 사무실이다.

1층은 멤버들의 휴식 공간이었고, 2층은 작업실로 사용하고 있었다.

담용은 아래층 휴게실에서 홍수광을 앞에 두고 서류를 살피고 있는 중이었다.

바로 락샨의 이력서였다.

"성이 싱이야, 락샨이야?"

"싱입니다. 락샨이 이름이고요. 세영이 말로는 성을 물어보는 건 실례라 하더라고요."

"왜?"

"아마 카스트제도 때문인 것 같은데, 잘 모르겠습니다."

"만약 그렇다면 존중해 주도록 해."

'이거 인도어와 그들 문화를 배워야 하나?'

언젠가는 인도를 가야 하기에 그럴 필요가 있었다.

그 이유로 첫째는 언젠가부터 잠결인지 꿈인지 아니면 기시감에 의해선지 판단이 모호할 정도로 돌기둥이 자꾸 뇌리에 떠올랐다가 이내 사라지곤 했기 때문이다.

굳이 표현하자면 돌기둥인 것인지 돌탑인지 아니면 조형물인지조차 구분이 되지 않는 상태다.

현재로선 딱 그 정도 수준이었다.

다만 어딘지 모르게 신비한 기운을 머금은 듯해 보이는, 신성불가침의 성역인 것 같기도 했다.

이건 그냥 느낌일 뿐이다.

둘째는 당연히 차크라 때문이다.

확실히 차크라임을 인지했을 때부터 담용은 이런 생각이 들었다.

자신이 어떤 연유로 회귀를 했고 또 무슨 인연으로 차크라가 몸에 들어앉았는지가 의문이었다.

세월이 흐르고 차크라가 몸에 익게 되자, 이제는 그 원류가 어딘지를 알고 싶었다.

근본을 모르고서야 어찌 차크라를 안다고 할 수 있을까?

또한 몸속의 차크라가 어떻게 생성됐으며 또 원주인이 있다면 누군지를 알아야 했다.

그래야 앙금 같은 기분의 찌꺼기가 사라질 것이고 나아가 무엇을 해도 보다 떳떳해질 것이었다.

가끔은 꼭 누군가 잃어버린 차크라를 돌려주지 않고 몰래 사용하는 것만 같은 죄의식도 들었다.

'돌기둥…….'

막연하긴 했지만 끝이 보이지 않는 돌기둥에 그 단서가 있는 것 같은 기분이었다.

그렇지 않고서야 기억 저편에서 인연도 없었던 돌기둥이 뇌리에 각인되어 있었을 리가 없지 않은가?

담용은 그 나름대로 추측을 했다.

회귀, 돌기둥, 차크라가 서로 이어져 있음을.

그러나 조각난 퍼즐을 맞추는 것은 짝이라도 있지만 돌기둥 외에는 허상이라 짜 맞추기가 여간 어렵지 않았다.

돌기둥도 허상이긴 마찬가지인 것이 희미한 형상만 떠오를 뿐, 그때가 언제인지를 몰라 더 혼란스러웠다.

마치 돌기둥이 떠올랐을 때만 정신을 잃고 있었던 것만 같은 기분이었다.

그런 연유로 언젠가는 한번은 반드시 가야 할 나라가 인도였다.

어차피 인도에 브랜치를 둘 작정이라면 가끔 인도를 오갈 일이 생길 터였다.

'중국어도 해야 하는데…….'

그래도 한 번 갔다 왔다고 조금 늘었다.

역시 현지인들과 몸으로 부대끼는 것보다 나은 언어 공부는 없을 것 같다.

아, 중국인이 아니라 조선족들과 부대끼다가 온 건가?

파락.

서류를 한 장을 넘겼다.

"대학은 세영이와 같은 스탠퍼드로군."

"예, 3년 동안 클래스메이트였으니 거의 붙어 다녔다고 봐야지요."

졸업 1년을 남기고 도중하차했으니 3년이 맞다.

"서로 잘 통하겠군."

"하핫, 지금도 껌딱지처럼 서로 붙어 다니는걸요."

"설마. 게이는 아니겠지?"

"에이, 무슨 말씀을…… 전혀 아닙니다."

"앞으로는 그런 녀석들이 많아질 거다. 사람이 필요하면 능력 이전에 그런 자들은 좀 가려서 추천해."

"알겠습니다."

"팀장이 본 락샨은 어땠나?"

"마음에 듭니다. 능력도 출중하고 성격도 싹싹한 게 동료들과 잘 어울립니다."

"그래?"

"예, 저도 그렇고 동료들도 마음에 들어 합니다."

"다행이군. 노파심에 하는 말이지만 추후에 직원이 더 늘어날 수도 있어. 뽑을 때마다 외골수보다는 화합이 먼저라는 걸 명심해."

"예."

"그리고 홍 팀장은 대표이사이니 월급을 조금 올려."

"에! 정말요?"

"명색이 대표이산데 직원들과는 차별이 있어야지. 그렇다고 너무 많은 차이가 나면 곤란하니, 적당한 선에서 인상해."

"얼마나요?"

"인석아, 네가 대표이산데 왜 내게 물어?"

"에이, 돈이 사장님한테서 나오니까 그러죠. 저흰 아직 아무런 수익이 없다고요."

"하핫, 그것도 그러네."

"곧 수익이 될 만한 사업을 하게 될 겁니다. 그때까지만 밀어주십시오.

"됐다. 그런 걸 바라고 너희들에게 자리를 마련해 준 건 아니니 신경 쓰지 않아도 돼."

"히힛! 그렇지만 어쩌죠?"

"응? 뭐가?"

"얼마 지나지 않아서 자연스럽게 돈이 들어오게 되니 하는 말입니다."

"그래?"

"그럼요. 사업이 무궁무진하거든요."

"그러면 더 좋지."

담용으로서는 컴퓨터 계통에 대해 잘 알지 못해 그러려니 했다.

물론 기억 저편에서 다뤄 봤던 경험도 있고 또 컴퓨터 프로그램 개발로 돈벼락을 맞은 청년 실업가들이 많다는 것을 모르지는 않지만, 공자 앞에서 문자 쓰는 격이라 말을 아낄 뿐이다.

"아무튼 월급은 홍 팀장이 370만 원으로 하고 이사와 감사는 350만 원으로 해. 괜찮지?"

"가, 감사합니다."

"보너스 지급은 이전 그대로 분기별로 지급하는 걸로 하고."

"예."

"그럼, 락샨을 데리고 와. 서로 얼굴은 봐야지."

"옙!"

'훗! 벌써 아홉 명인가?'

락샨의 가세로 정보망팀도 식구가 많이 늘어 팀장인 홍수광을 비롯해 모두 아홉 명이나 됐다.

그것도 홍수광을 제외하면 모두가 해외 유학파들이다.

그야말로 인재들.

이런저런 이유로 잠시 날개가 꺾이긴 했지만 그것은 채워 주면 되는 일이었다.

그것이 담용이 할 일이었고, 인재를 키우는 것 역시 보람이 있다.

굳이 자신만을 위해 희생 봉사해 달라고 할 이유는 없다.

잠시 필요에 의해 고용해서 일을 시킬 뿐이다.

법인을 설립한 것도 언젠가는 이들에게 돌려주기 위해 한 발 내딛는 절차에 불과한 것이고.

'사무실도 곧 옮겨야겠군.'

당장 아쉬운 것이 없을 정도로 사무실 공간은 충분했지만 모종의 계획이 실행되면 옮겨야 했다.

'이참에 차크라에 대해서 알아봐야겠군.'

특히 하늘 높이 솟은 돌기둥에 대해 아는 것이 있는지 물어보고 싶었다.

잠시 후, 까무잡잡한 피부에 유난히 눈이 큰 락샨이 들어왔다.

꾸우벅.

"아년하셉메까, 락샨이라코 함메다."

들어서자마자 급조로 배운 티가 확 나는 서툰 한국어로 인사를 하는 락샨은 인도인의 인사법인 두 손을 합장하는 극진한 예를 표했다.

그 성의가 고맙게 느껴진 담용이 빙긋 웃으며 자리를 권했다.

"반가워요. 거기 앉아요."

"캄샤함미다."

"하핫, 그 정도면 됐으니 그냥 영어로 해요."

"예스, 썰!"

"홍 팀장도 앉지그래?"

"예."

홍수광이 말했다.

"사장님, 말을 편하게 대하십시오. 락샨이 더 어려워하는 것 같잖아요?"

"그러지. 락샨, 우리 처음 만났으니 악수부터 할까?"

"옙!"

두 손으로 공손히 내미는 락샨은 여전히 담용을 어려워하는 기색이다.

"내 소개는 안 해도 되겠고……."

홍수광이 이미 다 했을 테니 건너뛰어도 된다.

"그래, 고향에서 일을 해 보고 싶다고?"

"예, 제 소원이었습니다."

"미스터 장과 함께 일해 보고 싶다고 했지?"

"예, 허락하신다면요."

"두 사람의 커뮤니케이션은 어때?"

"클래스메이트 때부터 지금까지 어려움이 없었습니다."

"그 점은 다행이군. 굿!"

고개를 끄덕인 담용이 말을 이었다.

"필요한 모든 지원은 다 해 줄 테니 락샨이 하고 싶은 걸 해 봐. 돈은 걱정하지 말고. 모자라면 여기 있는 홍 팀장에게 언제든 말해. 알았지?"

"옛!"

그 말이 긴장한 상태로 어깨를 부풀리고 있던 락샨의 표정이 조금 풀리게 만들었나 보다.

"락샨, 하나 물어보자."

"예?"

"아, 다른 게 아니고 인도가 차크라의 나라가 맞지?"

"차, 차크라요?"

"응. 아닌가?"

"요가를 하게 되면 차크라가 생성된다는 말은 들었습니다만…… 우리 나라가 차크라의 나라란 말은 없는데요? 아, 요리를 말씀하시는 겁니까?"

"요리라니? 그런 게 있어?"

"예, 세욘이 먹어 보더니 코리아의 육개장과 비슷하다고 했어요."

"하핫, 그래? 난 그런 요리가 있는 줄 몰랐군. 그런데 내가 하는 말은 그러니까……."

'하! 이걸 어떻게 설명해야 하지?'

뚜렷한 형상이 아니라서 묻긴 했지만 설명할 길이 없다.

또한 요가의 명상으로 인해 생성되는 차크라인 것은 맞지만, 담용의 경우는 그냥 생긴 것이라 뭐라고 말해야 알아들을지 난감했다.

그리고 들은 적이 있다고 하는 말투로 보아 락샨은 요가와는 거리가 멀어 보였다.

고로 더 이상 질문의 진도를 나갈 수 없다.

'쩝, 돌기둥 얘기를 하면 믿어 줄까?'

좀 뜬금없는 것이긴 해도 밑져야 본전이다.

"락샨, 혹시 말이다. 인도에 유명한 돌기둥 같은 것이 있어?"

"돌기둥요?"

역시나 의아해하는 표정이다. 그래서 조금 더 설명이 필요했다.

"일반적인 돌기둥이 아니고 굉장히 높은 기둥 말이야."

"돌탑을 말하는 거라면 많습니다만……."

일반적이 돌탑일 리가 없어 무시하고 말했다.

"락샨은 자네 나라에 대해 다 안다고 할 수는 없겠지? 워낙 넓어서 말이야."

"그렇긴 하지요. 우리 나라도 연방국가니까요."

"그건 나도 알지. 그럼 부탁 하나 할까?"

"예, 뭐든지요."

"자네 나라에 가거든 아주 높은 돌탑이나 돌기둥, 그도 아니면 좁고 높은 절벽이라도 괜찮으니 있는 대로 수소문해 줘."

"그것만 알아보면 됩니까?"

"막무가내로 찾으면 곤란하겠지. 뭔가 유서가 깊은 곳이라든가, 아니면 의미가 있는 기념물 또는 이름난…… 사람이랄까 그런……."

"성자를 말씀하시는 거로군요."

"아, 맞아, 성자!"

"그러니까 성자 같은 분이 머물렀거나 관계된 돌기둥 같은 곳을 찾아보란 말씀이시죠?"

금세 사람이 관계된 일임을 알아채는 걸 보면 머리가 뛰어난 것 같긴 하다.

"맞아. 그래 주겠어?"

"당분간은 바빠서 많은 시간은 할애하지 못할 겁니다."

"자네가 직접 알아볼 필요는 없어, 사람을 시키면 되니까."

"아, 그러면 되겠군요."

"비용은 사무실 경비로 처리해 줄 테니까, 가능한 많은 사람들을 동원해서 찾으면 더 좋겠지."

"그러겠습니다. 그런데 너무 모호한 면이 있어서 찾을 수 있을지 의문입니다."

"나도 그렇게 생각해. 대신 수시로 내가 알게 된 것을 알려 주도록 할 테니, 그걸 참고해서 찾아봐."

"그럼 도착하는 대로 시작하면 됩니까?"

"그럴 수만 있다면."

"알겠습니다."

"조그만 단서만 찾아도 내가 인도로 날아가도록 하지."

"어? 직접 오신다고요?"

"응, 그 전이라도 자네와 세영이가 차린 사무실도 한번 가 봐야지 않겠어?"

"와! 저희야 회장님이 오신다면 대환영이죠."

"엉? 회장은 또 무슨 소리야?"

담용이 홍수광을 쳐다보았다.

"제가…… 사장이 되다 보니 애들이 그렇게 교육시켰나 봅니다."

"풋! 사장 소릴 들으니 좋아?"

"에이, 그럴 리가요. 안 그래도 사장 소리에 닭살이 돋는 중인걸요."

"나도 회장은 좀 아닌 것 같다. 그러니 너는 그냥 팀장 해. 대표이사라고 사장 소릴 들을 필요는 없으니까."

전무나 상무, 이사 심지어 부장도 대표이사가 될 수 있으니 틀린 말은 아니었다.

"히히힛, 그렇죠?"

"자, 락샨, 어려움이 있으면 곧바로 연락하는 것 잊지 말고, 수고해 줘."

"예, 회장님."

담용이 손을 내밀자 두 손으로 꼭 잡는 락샨이다.

손아귀에 힘이 느껴지는 만큼 믿음이 가는 락샨이 듬직한 담용이었다.

다음 권으로 이어집니다

바인더북

SEASON 2

Again my Life

어게인 마이 라이프

절대 권력자를 잡고 자취를 감췄던 천재 검사,
악덕 대기업을 무너뜨리기 위해 변호사로 돌아오다!
『어게인 마이 라이프 Season2』

조태섭 의원을 체포하고 모든 것을 내려놓은 김희우
그런 그에게 연수원 동기의 자살 소식과 함께
한 통의 의뢰가 찾아든다

*"남편의 명예를 되찾고 싶어서 찾아왔습니다.
절대 자살 같은 걸 할 사람이 아니에요."*

한국 경제를 좌지우지하는 거대 그룹에 살해당한 친구를 위해
법무 법인 KMS에 입사한 그는
제왕 그룹을 파헤치기 위해 활동을 재개하는데……

그가 있는 곳에 사회정의가 있다!
당신의 숨통을 틔워 줄 김희우 변호사의
치밀한 복수극이 시작된다!

황금가

나한 신무협 장편소설

『황금수』『궁신』의 나한 신작!
은둔 고수(?) 장의사 금장생의 상조 문파 개업기!

중원삼대부자 황금전가의 셋째, 금장생
집에서 쫓겨나 세우잡이 배부터 조선 인삼밭 농사까지.
사업은커녕 잡부 생활만 죽어라 하다가
팔 년 만에 고향에 돌아왔는데……
가문이 망해 버렸다!?

우여곡절 끝에 야심 차게 시작한 장례 사업
목표는 분점 확장 후 놀고먹기!

그러나 의도와는 정반대로
시체 한 구로 엮이는 팔왕가와 흑지의 강자들
그런데 잡일만 하다 왔다는 사람이……
무림십대고수들을 마주해도 너무 태연하다?

"정말 무공을 전혀 익히지 않은 거 맞아요?"
"그런 게 뭐가 중요합니까. 돈이나 벌러 가죠."